ご相《そう》談《だん》はお決《き》まりですか？

学園内《がくえんない》で執事《しつじ》&メイド喫茶《きっさ》はじめました

伊藤《いとう》クミコ／著
ハモンド華麗《かれい》／イラスト

PHP
ジュニアノベル

兎田《とだ》 小陽《こはる》

中一《ちゅういち》。人《ひと》の気持《きも》ちに敏感《びんかん》で、困《こま》っている人《ひと》を見《み》るとほうっておけない優《やさ》しい心《こころ》の持《も》ち主《ぬし》。怒《おこ》ることが苦手《にがて》で、どうやって感情《かんじょう》を伝《つた》えればいいかわからなくてなやむことも。入学式《にゅうがくしき》からずっと仲《なか》が良《よ》かった友《とも》だちから仲間《なかま》外《はず》れにされたことがきっかけで、喫茶部《きっさぶ》に入部《にゅうぶ》することに。

西大路《にしおおじ》 怜王《れお》

中一《ちゅういち》。超《ちょう》イケメンで「なやみを聞《き》かせてくれる人《ひと》」には物腰柔《ものごしやわ》らか。喫茶部《きっさぶ》をはじめた張本《ちょうほん》人《にん》。お金《かね》が大好《だいす》きで、お金《かね》の話《はなし》になると饒舌《じょうぜつ》に。銭《ぜに》ゲバなのにも、喫茶部《きっさぶ》を立《た》ち上《あ》げたのにも、なにか"ワケ"があるようで……？

白根《しらね》 ふゆ

中一《ちゅういち》。小陽《こはる》のクラスメイト。きれいな顔立《かおだ》ちに加《くわ》え、無表情《むひょうじょう》なことから、周囲《しゅうい》に「お人形《にんぎょう》のような美少女《びしょうじょ》」と言《い》われている。空気《くうき》が読《よ》めず、思《おも》ったことをそのまま口《くち》に出《だ》してしまって、人《ひと》の輪《わ》に入《はい》れないことがコンプレックス。

村岡《むらおか》 空乃《あきの》

中一《ちゅういち》。小陽《こはる》のクラスメイトで仲《なか》が良《よ》かった友《とも》だちのうちのひとり。クラス内《ない》で、グループを転々《てんてん》としていたのにはワケがあったようで……？

巣山《すやま》 早弓《さゆみ》

中一《ちゅういち》。小陽《こはる》のクラスメイトで仲《なか》が良《よ》かった友《とも》だちのうちのひとり。小陽《こはる》とは入《にゅう》学式《がくしき》の時《とき》からなかよしだったのに、ある日突然《ひとつぜん》小陽《こはる》に冷《つめ》たくなって……？

フレディ

インコのようなオウムのような不思議《ふしぎ》な雰囲気《ふんいき》を持《も》つ小鳥《ことり》。怜王《れお》に飼《か》われていて、なぜか人《ひと》をつついてくる。

目次《もくじ》

1 わたしがメイドになった理由《りゆう》

あなたには、今《いま》、なやんでいることがありますか？

家族《かぞく》のこと、友《とも》だち関係《かんけい》、恋愛《れんあい》に、将来《しょうらい》のことや、ほかにどんなことでも。

もし、ひとりで抱《かか》え込《こ》んでいることがあるのなら、私立中野原学園《しりつなかのはらがくえん》の中庭《なかにわ》をたずねてみて。

銀杏《いちょう》やカエデに彩《いろど》られた遊歩道《ゆうほどう》を奥《おく》へ奥《おく》へと進《すす》んでいくと、第三校舎《だいさんこうしゃ》のそばに、植物園《しょくぶつえん》のようなガラス張《ば》りの、かわいらしい円柱形《えんちゅうけい》の建物《たてもの》があるんだ。

その古《ふる》い温室《おんしつ》のドアを開《あ》けるとね――

「いらっしゃいませ。ご相談《そうだん》はお決《き》まりですか？」

――って、ステキな執事《しつじ》さんが出迎《でむか》えてくれるはずだよ。


わたしは、この学園《がくえん》の中等部《ちゅうとうぶ》の一年生《いちねんせい》で、兎田小陽《とだこはる》。

この古《ふる》い温室《おんしつ》を改装《かいそう》したカフェテリアで、メイドとしてお客様《きゃくさま》にお給仕《きゅうじ》したり、おなやみを解決《かいけつ》するお手伝《てつだ》いをしたりしているんだ。

どうしてわたしがこの学園《がくえん》でメイドをすることになったのか、これからお話《はな》しするね。

平穏《へいおん》そのものだったわたしの生活《せいかつ》に異変《いへん》がおきたのは、入学《にゅうがく》してから半年《はんとし》ほどがすぎた、十月《じゅうがつ》の初週《しょしゅう》のことだった。

一限終了《いちげんしゅうりょう》のチャイムが鳴《な》った瞬間《しゅんかん》、なかよしの早弓《さゆみ》ちゃん——巣山早弓《すやまさゆみ》ちゃんが立《た》ち上《あ》がり、ろうか側《がわ》にある、村岡空乃《むらおかあきの》ちゃんの席《せき》に向《む》かったんだ。

……あれっ？　早弓《さゆみ》ちゃん、いつもなら、わたしの席《せき》に来《く》るのに。

そう思《おも》って、ちょっとモヤモヤして……でも、すぐに首《くび》を振《ふ》って、その考《かんが》えを振《ふ》り払《はら》った。

いやいや。もともと約束《やくそく》していたわけじゃないしね、って。

早弓《さゆみ》ちゃんとは、入学《にゅうがく》してすぐに仲良《なかよ》くなった。

入学式《にゅうがくしき》のとき、待機列《たいきれつ》で隣《となり》だった早弓《さゆみ》ちゃんが話《はな》しかけてくれたんだ。

男《おとこ》の子《こ》のアイドルが大好《だいす》きで、活字《かつじ》が苦手《にがて》な早弓《さゆみ》ちゃんと、アイドルにはあまり興味《きょうみ》がなくて、本《ほん》を読《よ》むのが大好《だいす》きなわたしとでは、ちょっと、いやかなり、趣味《しゅみ》はちがったけど……。わたしたちは不思議《ふしぎ》とすぐに打《う》ち解《と》けて、昔《むかし》からの友《とも》だちみたいに話《はな》すことができたんだ。

小学校《しょうがっこう》のときの友《とも》だちは学区内《がっくない》の公立中学校《こうりつちゅうがっこう》に進学《しんがく》してしまい、ひとりこの学校《がっこう》に進学《しんがく》したわたしは「友《とも》だち、できるかな……」って不安《ふあん》だったから、とてもホッとしたのをおぼえている。

どうやら、早弓《さゆみ》ちゃんも似《に》たような境遇《きょうぐう》だったみたいで、

「ねねっ。あたしたち、仲良《なかよ》くなれそうじゃない？　きっと席《せき》も近《ちか》いだろうし、よろしくね！」

って、言《い》ってくれた。

だけど、ふたを開《あ》けてみたら、教室《きょうしつ》でのわたしの席《せき》は窓際《まどぎわ》から二列目《にれつめ》の一番後《いちばんうし》ろで、早弓《さゆみ》ちゃんは隣《となり》の列《れつ》の一番前《いちばんまえ》で。

早弓《さゆみ》ちゃんは、「どーしてよー！」ってなげいていて、思《おも》わず笑《わら》ってしまったっけ。

でも休《やす》み時間《じかん》になるたびに、早弓《さゆみ》ちゃんは「小陽《こはる》ーっ」って、わたしの席《せき》に駆《か》けてきてくれた。

だから、なんとなく、それがずっと続《つづ》くものだと思《おも》ってしまっていたみたいだ。

わたしは気《き》を取《と》り直《なお》して席《せき》を立《た》ち、空乃《あきの》ちゃんの席《せき》に向《む》かった。

「――あははっ、やだぁ～」

早弓《さゆみ》ちゃんと空乃《あきの》ちゃんは、ふたりで楽《たの》しそうに話《はなし》をしていた。

「楽《たの》しそうだね、なんの話《はなし》？」

声《こえ》を掛《か》けると、早弓《さゆみ》ちゃんが、ちらっとわたしを見《み》た。

目《め》が合《あ》った瞬間《しゅんかん》、ドキッとする。

早弓《さゆみ》ちゃんの瞳《ひとみ》が、今《いま》までに見《み》たことがないような、冷《つめ》たい色《いろ》をして見《み》えたから。

「あー……べつに？　たいした話《はなし》じゃないよ」

そして、早弓《さゆみ》ちゃんはすぐに、ふいっと目《め》をそらしてしまった。

……えっ、どうしたんだろう。わたし、なにかしちゃったかな？

なんだかいやなドキドキを感《かん》じながら、今度《こんど》は空乃《あきの》ちゃんのほうを見《み》る。

けれど、目《め》は合《あ》わなかった。わたしの声《こえ》なんて、聞《き》こえなかったみたいに。

空乃《あきの》ちゃんとは、こうして一緒《いっしょ》にすごすようになってから、じつはまだ一《いっ》か月《げつ》ほどだ。

最初《さいしょ》の数日《すうじつ》こそぎこちないやり取《と》りもあったけれど、最近《さいきん》はだいぶ親《した》しくなって、よく「こはる、こはる」って、甘《あま》えるような声《こえ》で呼《よ》んでくれていたのに……。

とまどうわたしの目《め》の前《まえ》で、空乃《あきの》ちゃんが口《くち》を開《ひら》いた。

「そうだ。さゆ、昨日公開《きのうこうかい》された『南風《みなみかぜ》』のMV《エムブイ》見《み》た!?」

「見《み》た見《み》た！　ayata《アヤタ》、ヤバいくらいカッコよかったぁーん！」

とたんに、早弓《さゆみ》ちゃんの顔《かお》が、パアッと明《あか》るくなる。

アイドルグループ「南風《みなみかぜ》」は、早弓《さゆみ》ちゃんが今一番《いまいちばん》推《お》しているグループなのだ。

「あ、それ、わたしも見《み》たよ」

わたしは南風《みなみかぜ》のファンじゃないけど、早弓《さゆみ》ちゃんからいっぱい話《はなし》を聞《き》いているうちに、少《すこ》し興《きょう》味《み》が出《で》てきたんだよね。それで昨日《きのう》も、新着《しんちゃく》で見《み》つけた「南風《みなみかぜ》」のMV《エムブイ》を見《み》ていたんだ。

……ふふ、早弓《さゆみ》ちゃん、「えっ、小陽《こはる》も見《み》てくれたの!?」なんて、よろこんでくれるかも？

そんな淡《あわ》い期待《きたい》は、ふたりの興味《きょうみ》なさげな「ふぅん」に、かき消《け》された。

わたしはちょっと動揺《どうよう》したけれど、それをかくすためにあえてテンションを上《あ》げて続《つづ》ける。

「あの曲《きょく》ってさ、メンバーのだれかが今度出《こんどで》るドラマの主題歌《しゅだいか》なんだってね？　えっと……だれだっけ？」

「いいよ。興味《きょうみ》もないのに、無理《むり》に話《はなし》に加《くわ》わろうとしないで」

早弓《さゆみ》ちゃんが、吐《は》き捨《す》てるように言《い》った。

「えっ……」

どうして、そんな言《い》い方《かた》——。

おどろきとショックで、わたしはかたまってしまう。

「それよりさー、今度《こんど》、ｋｙｏｙａ《キョウヤ》が時代劇《じだいげき》の映画《えいが》に出《で》るんだって」

「えーっ、そうなんだ！　ってことは、舞台挨《ぶたいあい》拶《さつ》とかもあるよねっ？」

「ありそう！　わたしチケット応募《おうぼ》するから、当《あ》たったら、さゆ一緒《いっしょ》に行《い》こうよっ」

「行《い》く！　あたし、その日《ひ》に地球《ちきゅう》が爆発《ばくはつ》しても行《い》く～！」

だまったままのわたしをのぞいて、ふたりはキャッキャともり上《あ》がりはじめた。

……あー、これは、たぶん意図的《いとてき》にハブられてるなぁ。

そう察《さっ》してはいるものの、どうしていいかわからなくなってしまって。

わたしは休《やす》み時間《じかん》が終《お》わるまで、あいまいな笑《え》みを浮《う》かべてその場《ば》にたたずんでいたんだ。


……はあ。

放課後《ほうかご》。わたしはためいきをつきながら、とぼとぼと学園《がくえん》の中庭《なかにわ》を歩《ある》いていた。

本当《ほんとう》は、早《はや》く家《いえ》に帰《かえ》りたい……けど、こんな落《お》ち込《こ》んだ顔《かお》を見《み》せたら、きっと両親《りょうしん》をすごく心《しん》配《ぱい》させてしまう……。

そう思《おも》うと、わたしの足《あし》は校門《こうもん》ではなく、学園《がくえん》の奥《おく》へ奥《おく》へと向《む》かっていく。

——結局《けっきょく》、早弓《さゆみ》ちゃんたちとはろくに会話《かいわ》もないまま、一日《いちにち》が終《お》わってしまった。

なんとかふたりとの関係《かんけい》を取《と》り戻《もど》したくて、二限目《にげんめ》以降《いこう》の休《やす》み時間《じかん》も、お昼休《ひるやす》みも、がんばっていろいろ話《はなし》を振《ふ》ってみたんだけど、ね。

早弓《さゆみ》ちゃんはそっけない返事《へんじ》しかしてくれなかったし、空乃《あきの》ちゃんにいたっては……。

「あー、なんか、どっかから声《こえ》が聞《き》こえる気《き》がするけど、わたしつかれてんのかなー」

なんて言《い》って、あからさまにわたしを無視《むし》した。

空乃《あきの》ちゃん、もしかして……この前《まえ》、わたしにしたのと同《おな》じような話《はなし》を、早弓《さゆみ》ちゃんにしたのかな。

考《かんが》えたくないことだったけど、つい、考《かんが》えてしまう。

じつは先週《せんしゅう》、空乃《あきの》ちゃんとふたりになったとき、こんな話《はなし》を聞《き》かされたんだ。

『早弓《さゆみ》ちゃんがわたしの悪口《わるくち》を言《い》ってる』って。

「あのさ……これ、言《い》おうかどうかまよったんだけど、こはるのために言《い》うね。さゆがね、わたしに、こはるの悪口《わるくち》言《い》ってきたの」

顔《かお》をしかめて、心底《しんそこ》、早弓《さゆみ》ちゃんを軽蔑《けいべつ》しているような口《くち》ぶりで。

「だれにでもいい顔《かお》するとか、いい人《ひと》ぶってるとか。だから信用《しんよう》できないとか。ひどいよね」

聞《き》いた瞬間《しゅんかん》、わたしの心臓《しんぞう》は刃物《はもの》で一突《ひとつ》きされたみたいだった。

ショックが顔《かお》に出《で》たんだろう、空乃《あきの》ちゃんは心配《しんぱい》そうにわたしをのぞき込《こ》む。

「だいじょうぶ？　こはる」

「あ……だいじょうぶだよ、ごめん」

「ううん。わかるよ、ショックだよね。わたしだって、聞《き》いたときびっくりしたもん」

同情《どうじょう》するように言《い》われて、わたしはうなずいた。

「う、うん。わたし、早弓《さゆみ》ちゃんがわたしのことをそんなふうに思《おも》ってるかも、なんて、今《いま》まで一度《いちど》も……本当《ほんとう》に、一度《いちど》も、考《かんが》えたことなくて」

わたしはそう口《くち》に出《だ》してみて、ふと、「そうだよ。そんなこと、考《かんが》えられない」と思《おも》った。

早弓《さゆみ》ちゃんと友《とも》だちになって、まだ半年《はんとし》足《た》らずだけど……。

それでも、わかることはある。

早弓《さゆみ》ちゃんは、基本的《きほんてき》にうそがつけない子《こ》だ。

うそをつかない、のではなく、つけない。考《かんが》えていることがすぐに表情《ひょうじょう》に出《で》るのだ。

それに、早弓《さゆみ》ちゃんの性格《せいかく》なら、なにかあればわたしに直接《ちょくせつ》言《い》ってくるような気《き》がする。

「……ねえ、空乃《あきの》ちゃん。今《いま》の話《はなし》、本当《ほんとう》？」

わたしがたずねたとたんに、空乃《あきの》ちゃんの目《め》に、怒《いか》りとあせりのようなものが浮《う》かんだ。

「え、なに？　わたしがうそをついてるっていうの？　こはるのためを思《おも》って教《おし》えてあげたのに、ひどくないっ!?」

その瞬間《しゅんかん》、わたしは直感的《ちょっかんてき》に思《おも》った。

――うそだ。

この、空乃《あきの》ちゃんの話《はなし》こそが、うそなんだ、って。

だけど……どうして？

どうして空乃《あきの》ちゃんは、わたしを傷《きず》つけるようなうそをつくんだろう？

数秒《すうびょう》の間《あいだ》に、頭《あたま》をフル回転《かいてん》させた。考《かんが》えて、考《かんが》えて……そして思《おも》い当《あ》たった。

もしかして……、不安《ふあん》、だから……？

入学式《にゅうがくしき》の直後《ちょくご》、クラスにいくつかのグループができたんだけど、空乃《あきの》ちゃんもそのうちの一《ひと》つに入《はい》っていたんだ。

でも、しばらくしてふと気《き》づいたら、ちがうグループに入《はい》っていて。

それからしばらくすると、また、ちがうグループに入《はい》っていて。

それを何度《なんど》か繰《く》り返《かえ》し、夏休《なつやす》みがあけた二学期《にがっき》には、ひとりになっていたんだ。

どうしてそうなってしまったのか……グループの雰囲気《ふんいき》と合《あ》わなかったのか、だれかともめてしまったのか、くわしい理由《りゆう》はわからない。けれど、元気《げんき》をなくし、うなだれるようにぽつんと席《せき》に座《すわ》っていた空乃《あきの》ちゃんのことが、ほうっておけなくなってしまって。

それで、わたしは早弓《さゆみ》ちゃんにたずねたんだ。

「空乃《あきの》ちゃんのことを、お昼《ひる》にさそってもいいかな？」って。

早弓《さゆみ》ちゃんは、「小陽《こはる》がそうしたいなら、いいよ」って、受《う》け入《い》れてくれた。

でも正直《しょうじき》なところ……早弓《さゆみ》ちゃんは、あんまり気《き》が乗《の》らないみたいだったんだよね。

というのも、早弓《さゆみ》ちゃんは以前《いぜん》からよく、「あたし、こんなに気《き》が合《あ》う友《とも》だちができたの、小《こ》陽《はる》が初《はじ》めて！　小陽《こはる》とふたりでいるの楽《たの》しすぎて、ぶっちゃけほかに友《とも》だちいらないかも～っ」なんて言《い》っていたんだ。

実際《じっさい》に、早弓《さゆみ》ちゃんはわたし以外《いがい》の子《こ》と話《はな》すときに、ある程度《ていど》一線《いっせん》を引《ひ》いてつき合《あ》っている感《かん》じがあって。そして早弓《さゆみ》ちゃんも、わたしにそれを求《もと》めている雰囲気《ふんいき》があった。

だからわたしは、そんな早弓《さゆみ》ちゃんがいやがらずにわたしの提案《ていあん》を受《う》け入《い》れてくれたことに、感謝《かんしゃ》しかなかったんだ。だけど……。

当《とう》の空乃《あきの》ちゃんからしたら、早弓《さゆみ》ちゃんの存在《そんざい》はこわいものだったのかもしれない。

どんなにかくしていても、本当《ほんとう》は乗《の》り気《き》じゃない気持《きも》ちが、ちょっとだけ顔《かお》に出《で》てしまっていた早弓《さゆみ》ちゃんのことが、こわくて、不安《ふあん》になっちゃったのかもしれない。

自分《じぶん》を排除《はいじょ》しようとするんじゃないかって。

だったら、その前《まえ》に早弓《さゆみ》ちゃんのことを排除《はいじょ》したいって、思《おも》ってしまったのかもしれない。

だとしたら——。


「……あのね、空乃《あきの》ちゃん」

わたしは、伝《つた》えたかった。

「わたしと早弓《さゆみ》ちゃんを仲《なか》たがいさせなくたって、空乃《あきの》ちゃんのこと、のけ者《もの》にしたりしないよ。だから、だいじょうぶだよ」って。

だけど……、どうやって言《い》えば、それを伝《つた》えられるんだろう。

考《かんが》えても、考《かんが》えても、わからなくて。

「……今日《きょう》の話《はなし》は、聞《き》かなかったことにするね。早弓《さゆみ》ちゃんにも言《い》わないから、安心《あんしん》してね」

結局《けっきょく》、わたしはそれだけ言《い》った。

すると空乃《あきの》ちゃんは、ひゅっと息《いき》をのみ込《こ》んだ。

そして、真《ま》っ青《さお》になってだまりこくってしまった。

え、あれっ？ どうしよう。もしかして、突《つ》き放《はな》したみたいに聞《き》こえちゃったかな。

あせったわたしは、あわてて話題《わだい》を変《か》える。

「あ、あーっと、そういえば、この前空乃《まえあきの》ちゃんがかわいいって言《い》ってたネコちゃん、なんていう子《こ》だっけ？　昨日動画《きのうどうが》見《み》ようと思《おも》ったら、名前忘《なまえわす》れちゃっててー」

空乃《あきの》ちゃんを怒《おこ》ったり、拒絶《きょぜつ》したりしたわけではないのだという気持《きも》ちを込《こ》めて、つとめて明《あか》るい声《こえ》を出《だ》した。すると、空乃《あきの》ちゃんはぎこちない表情《ひょうじょう》ながらも、話《はなし》に乗《の》っかってきてくれて……。


だから、わかってくれたんだと思《おも》っていた。

まさか、空乃《あきの》ちゃんが、早弓《さゆみ》ちゃんに同《おな》じことをするかもしれないなんて、思《おも》わなかったんだ。


――……。


いろいろ考《かんが》えながら歩《ある》いていたら、中庭《なかにわ》の最奥《さいおう》にある小《ちい》さな噴水《ふんすい》のところまで来《き》ていた。

まわりにバラの生垣《いけがき》があって、校舎《こうしゃ》や散策路《さんさくろ》から見《み》えにくくなっているため、カップルや告白《こくはく》の場所《ばしょ》としてひそかに人気《にんき》のスポットだ。

けれど、今《いま》は幸《さいわ》いと言《い》おうか言《い》うまいか、だれもいない。

ホッと息《いき》をついたとたんに、胃《い》のあたりに痛《いた》みが走《はし》った。

わたしは立《た》ち止《ど》まり、両手《りょうて》でおなかを押《お》さえる。

「おなか、痛《いた》……」

つぶやくと、なんだか涙《なみだ》が込《こ》み上《あ》げてきて、わたしはその場《ば》にしゃがみ込《こ》んだ。


――バサササッ。


そのとき、小《ちい》さな鳥《とり》の羽音《はおと》とともに、肩《かた》に、かすかな重《おも》みを感《かん》じた。

「え……？」

顔《かお》を横《よこ》に向《む》けると、手《て》のひらより少《すこ》し大《おお》きいくらいのサイズの小鳥《ことり》が乗《の》っている。

小鳥《ことり》は全体的《ぜんたいてき》に灰色《はいいろ》で、顔《かお》まわりだけがクリームイエローっぽい色《いろ》だ。

頭《あたま》の上《うえ》に、ぴょんっと飛《と》び出《で》たような羽《はね》があるのと、ほっぺたがオレンジ色《いろ》をしているのが、とてもかわいい。

「インコ？　それとも、オウムかな？」

どこかから、まよい込《こ》んできたんだろうか。

とまどいながらながめていると、小鳥《ことり》はおもむろに頭《あたま》をそらし、肩《かた》にくちばしを突《つ》き刺《さ》した。

――ザシュッ。ザシュザシュッ！

「えっ、なに⁉　いたっ、痛《いた》ぁっ⁉」

――ザシュザシュザシュッ！

「やっ……やめてぇ！」

思《おも》わず悲鳴《ひめい》をあげて、小鳥《ことり》を追《お》い払《はら》おうとする。

でも、小鳥《ことり》は少《すこ》し飛《と》んだだけで、また、反対側《はんたいがわ》の肩《かた》に舞《ま》い降《お》りてくる。

「どうしてつっつくの⁉　わたしはえさじゃないよ～！」

わたしが半泣《はんな》き状態《じょうたい》であわてていると、ふいに男《おとこ》の子《こ》の声《こえ》がした。

「フレディ、来《こ》い」

同時《どうじ》に、頭上《ずじょう》にふっと影《かげ》がさす。
小鳥《ことり》が、バササッと羽音《はおと》をたて、肩《かた》から飛《と》び去《さ》った。
その姿《すがた》を追《お》うように顔《かお》を上《あ》げると、いつのまにか、目《め》の前《まえ》に――執事《しつじ》さんがいた。

2 学園内《がくえんない》に、執事《しつじ》……!?

……って、いやいや。そんな、まさか。

執事《しつじ》さん、と、とっさに思《おも》ってしまったけれど、たぶんちがう。

だって、ここは学園内《がくえんない》の中庭《なかにわ》だ。

こんなところに、執事《しつじ》さんなんているはずがない。

わたしはそう思《おも》いつつも、目《め》の前《まえ》の男《おとこ》の子《こ》をまじまじ見《み》つめてしまう。

たぶん、高校生《こうこうせい》くらい……だろうか？　少《すこ》しするどい目《め》をしているけれど、おそろしく整《ととの》った外見《がいけん》の男《おとこ》の子《こ》だ。

黒《くろ》いタキシードのようなものを着《き》ていて、中《なか》には、白《しろ》いシャツとベスト。そこに黒《くろ》いネクタイをきりりとしめて、片手《かたて》に手袋《てぶくろ》をはめている。

さらに、肩《かた》に、さっきの小鳥《ことり》がちょこんととまっていた。

うーん……。

小鳥《ことり》のことはともかくとして、やっぱり、見《み》れば見《み》るほど、執事《しつじ》さんっぽい。

とまどうわたしに、男《おとこ》の子《こ》は口元《くちもと》に笑《え》みを浮《う》かべて、手《て》をさしのべた。

「お嬢《じょう》さん、お手《て》をどうぞ」

「手《て》……?」

思《おも》わず手《て》を取《と》ると、流《なが》れるように引《ひ》かれて、気《き》がつけば立《た》ち上《あ》がっていた。

さらに、ぐっと顔《かお》を近《ちか》づけられて、ドキッとする。

「どうやら、心《こころ》に、強《つよ》いなやみを抱《かか》えていらっしゃるようですね」

「えっ」

「よろしければ、お話《はなし》を聞《き》かせてください。美味《おい》しいお茶《ちゃ》をお淹《い》れしますから」

男《おとこ》の子《こ》はそう言《い》うと、エスコートするみたいに、わたしの手《て》を取《と》ったまま歩《ある》きだす。

「あ、あのっ、いったい、どこに……」

「だいじょうぶ。店《みせ》はすぐそこですよ」

「店《みせ》……?」

店《みせ》って、なに!?

混乱《こんらん》し、あわてだすわたしとは対照的《たいしょうてき》に、男《おとこ》の子《こ》は冷静《れいせい》だ。

「ほら、もうつきました」

手《て》のひらで、すいっとしめされた、その場所《ばしょ》は——

「温室《おんしつ》……?」

第三校舎《だいさんこうしゃ》のそばにある、古《ふる》い温室《おんしつ》だった。

でも、ここってたしか、今《いま》は使《つか》われていなかったはず……じゃなかったっけ。

入学式《にゅうがくしき》のあとの学園探索《がくえんたんさく》の時間《じかん》で、そう説明《せつめい》された記憶《きおく》がある。

「そう、ここはもともと温室《おんしつ》だったんですが、最近《さいきん》、改装《かいそう》したんですよ」

男《おとこ》の子《こ》はそう言《い》いながら、温室《おんしつ》のドアを開《ひら》く。


――チリリン……♪


かわいらしいドアベルの音《おと》とともに中《なか》に入《はい》ると、ガラス張《ば》りの天井《てんじょう》や窓《まど》から、やわらかな光《ひかり》が降《ふ》り注《そそ》いでいた。

元温室《もとおんしつ》なだけあって、そこかしこに植物《しょくぶつ》の鉢《はち》やプランターが置《お》かれている。

「わあ……」

「さあ、お席《せき》にどうぞ」

男《おとこ》の子《こ》にいざなわれて、中央《ちゅうおう》に置《お》かれたテーブルに近《ちか》づく。

モザイクタイルとアイアンでできた、ティーテーブルだ。

椅子《いす》も同《おな》じデザインだけど座面《ざめん》が木製《もくせい》で、オイルで磨《みが》かれたようにつやつやしている。

「よろしければ、おすすめのハーブティーがございますので、ご用意《ようい》しても？」

「あっ、はい！　お願《ねが》い、します」

居心地《いごこち》のいい雰囲気《ふんいき》にのまれて、つい返事《へんじ》をしてしまった。

「かしこまりました。少々《しょうしょう》お待《ま》ちください」

男《おとこ》の子《こ》が会釈《えしゃく》し、スッと去《さ》っていく。

わたしは、ドキドキしながら、そっと椅子《いす》に腰掛《こしか》けた。

テーブルからながめる景色《けしき》は、植物《しょくぶつ》や花《はな》たちに彩《いろど》られて、絵画《かいが》のように美《うつく》しい。

ステキ……。

わたしは、なんだか感動《かんどう》して、おなかの痛《いた》みも忘《わす》れてしまっていた。

「お待《ま》たせいたしました」

男《おとこ》の子《こ》が、白《しろ》いソーサーとカップを、目《め》の前《まえ》に置《お》いた。

そして、透明《とうめい》なガラスのポットで、淡《あわ》い黄《き》色《いろ》のお茶《ちゃ》を注《そそ》いでくれる。

「心《こころ》が安《やす》らぐ、ハーブティーです」

「ありがとうございます」

ぺこりと頭《あたま》をさげて、カップを手《て》に取《と》った。

「お味《あじ》はいかがですか？」

「美味《おい》しいです。ハーブティーって初《はじ》めてなんですけど、結構《けっこう》飲《の》みやすいんですね」

というよりも、ほとんど味《あじ》がしない。うっすらと色《いろ》のついたお湯《ゆ》といった感《かん》じだ。

でもきっと、ハーブティーというのはこういうもの……なのかな。

「そうですか。お口《くち》に合《あ》ってなによりです」

男《おとこ》の子《こ》は笑顔《えがお》でそう言《い》うと、わたしの向《む》かいの椅子《いす》に腰掛《こしか》けた。

ん……？　執事《しつじ》さんも座《すわ》るの？

頭《あたま》の中《なか》で、はてなマークを飛《と》ばすわたしの目《め》の前《まえ》で、男《おとこ》の子《こ》は優雅《ゆうが》に足《あし》を組《く》んだ。

「それで？　いったい、なにになやみなんです？」

「おなやみ？」

「ええ。あなた、なやみがあるんでしょう？　よろしければお聞《き》きしますよ。話《はな》せばすっきりするかもしれません」

「ああ……」

そういえば、中庭《なかにわ》で、そんなことを言《い》われたっけ。

「だいじょうぶです。たいしたことじゃないですから」

わたしは笑顔《えがお》で答《こた》えた。

「そんなわけがないでしょう。中庭《なかにわ》でうずくまって、半泣《はんな》きになっていたじゃないですか」

「あっ、あれは、その、鳥《とり》につっつかれたから……」

そう言《い》いながら、わたしはちらっと、男《おとこ》の子《こ》の肩《かた》を見《み》る。

そこには、もうさっきの小鳥《ことり》はいない。

「あの、小鳥《ことり》は……」

「フレディのことですか？」

「あ、フレディちゃんっていうんですね。あなたが飼《か》っている子《こ》なんですか？」

わたしがたずねると、男《おとこ》の子《こ》は、奥《おく》のカウンターに、すっと視線《しせん》を動《うご》かした。

つられてそちらを見《み》ると、さっきの小鳥《ことり》——フレディちゃんが、カウンターの上《うえ》にとまっていた。

「飼《か》っている、というより、相棒《あいぼう》ですね」

「相棒《あいぼう》？」

「うちの家系《かけい》では、子《こ》どもが十歳《じっさい》になると、相棒《あいぼう》となる鳥《とり》を授《さず》かるんです」

「へ、へえ……」

もしかして、ジョークかな？　ツッコんだほうがいいのかな……。

そう思《おも》いつつ、とりあえず乗《の》っかってみることにする。

「それって、なんだかポケ〇ンみたいですね。相棒《あいぼう》、ゲットだぜ！　みたいな？」

「ポケ〇ン……？　ゲットだぜ……？　すみません、ちょっと意味《いみ》がわからないです」

男《おとこ》の子《こ》は心底《しんそこ》とまどうような、いぶかしむような顔《かお》をした。

「それは有名《ゆうめい》なものなのでしょうか？　どういう意味《いみ》か教《おし》えていただけますか」

さらに気遣《きづか》うようにたずねられて、わたしは一気《いっき》に顔《かお》が熱《あつ》くなってきた。

そうだよね。知《し》らない人《ひと》だっているよね。なのにわたし、全力《ぜんりょく》で「ゲットだぜ！」とか……！

「なんでもないです。たいしたことじゃないので、忘《わす》れてクダサイ……」

「そうですか？　わかりました。では、あなたのおなやみをお聞《き》きしても？」

「はは……いえいえ、そんな、人《ひと》に話《はな》すほどのことじゃないですから……」

わたしは、さっきのダメージを引《ひ》きずったまま、力《ちから》なく笑《わら》う。

けれど、男《おとこ》の子《こ》はそこで引《ひ》かずに、ぐいっと身《み》を乗《の》り出《だ》してきた。

「なにをおっしゃいますやら。遠慮《えんりょ》はいりませんので、どうぞ」

「ありがとうございます。でも、本当《ほんとう》にだいじょうぶですから」

「なぜ、かくすんです？」

「え？」

「いいから、話《はな》してくださいよ」

男《おとこ》の子《こ》は、真顔《まがお》だ。

どうして、この人《ひと》はこんなに、わたしのなやみを知《し》りたがるんだろう？

ほんの少《すこ》しの違和感《いわかん》が、心《こころ》に引《ひ》っ掛《か》かる。

「いえ……その、ほんとに、たいしたことじゃないんです。それに、ここで美味《おい》しいお茶《ちゃ》をいただいて、すっかり気持《きも》ちも落《お》ち着《つ》きました」

よく考《かんが》えたら、学園内《がくえんない》のこんな場所《ばしょ》に執事《しつじ》さんがいて、お茶《ちゃ》を淹《い》れてもらうなんて、おかしな話《はなし》だ。

と……とりあえず、いったん出《で》よう。

わたしは内心《ないしん》の恐怖《きょうふ》をかくして、そっと席《せき》を立《た》った。

「ごちそうさまでした。お茶《ちゃ》、ありがとうございました」

「待《ま》ってください」

男《おとこ》の子《こ》は、あわてたように立《た》ち上《あ》がり、わたしの手《て》をつかんだ。

そのとたん、わたしの中《なか》の危険信号《きけんしんごう》が激《はげ》しく点滅《てんめつ》する。

「は、放《はな》してください。わたし、もう帰《かえ》らないと」

「どうしてもお話《はな》しする気《き》はない、と？」

「だから、ないですってばっ」

思《おも》わず悲鳴《ひめい》のような声《こえ》をあげると、男《おとこ》の子《こ》のひたいに、ぴきっと青筋《あおすじ》が立《た》った。

「あー、そう……。だったら、料金《りょうきん》をいただかないと、ですね」

そう言《い》う男《おとこ》の子《こ》の声《こえ》は、こころなしかさっきよりぶっきらぼうだ。

と、そんなことよりも。

「料金《りょうきん》……？」

思《おも》いがけない言葉《ことば》に、おどろいてしまう。

「そうですよ。こちとら、慈善事業《じぜんじぎょう》じゃありませんのでね。席料《せきりょう》とオリジナルハーブティー代《だい》、合《あ》わせて三千円《さんぜんえん》になります」

「そんな」

わたしは、あんぐりと口《くち》を開《ひら》いてしまった。

「お金《かね》がかかるなんて、聞《き》いてませんっ」

しかも、三千円《さんぜんえん》なんて……！　わたしの一《いっ》か月分《げつぶん》のお小遣《こづか》いと同《おな》じ額《がく》だ。

「最初《さいしょ》に『店《みせ》』って言《い》いましたよね？　店《みせ》なんだから、金取《かねと》るに決《き》まってるじゃないですか」

「そういえば……。でも、ここは学園内《がくえんない》ですよねっ？　それなのに、部外者《ぶがいしゃ》が勝手《かって》にこんな……こんなことをして、いいと思《おも》っているんですか？」

わたしがたずねると、男《おとこ》の子《こ》は舌打《したう》ちした。

「うるせえな……」

そして、急《きゅう》に口調《くちょう》が乱暴《らんぼう》なものに変《か》わる。

「部外者《ぶがいしゃ》じゃなくて、おれもここの学生《がくせい》だよ」

「ええっ、まさか！」

「そのまさかだ。ほら、学生証《がくせいしょう》」

男《おとこ》の子《こ》はそう言《い》うと、ポケットから学生証《がくせいしょう》を取《と》り出《だ》して、わたしに見《み》せた。

そこには、目《め》の前《まえ》の男《おとこ》の子《こ》と同《おな》じ顔《かお》をした写真《しゃしん》が貼《は》りつけられている。

そして、その横《よこ》にある名前《なまえ》は――

「西大路《にしおおじ》、怜王《れお》……？」

「そ。これまでほぼ登校《とうこう》してなかったけど、西大路《にしおおじ》の名前《なまえ》くらいは聞《き》いたことあるだろ？　ちなみに、一年A組《いちねんエーぐみ》だ」

男《おとこ》の子《こ》……西大路《にしおおじ》くんは、ふんっと胸《むね》を張《は》った。

「いえ、すみませんが、聞《き》いたことないです……。って、同級生《どうきゅうせい》!?」

執事《しつじ》さんにしては若《わか》いとは思《おも》っていたけれど、少《すく》なくともわたしよりは年上《としうえ》だと思《おも》っていた。

それにわたしはB組《ビーぐみ》だけど、隣《となり》のクラスにこんなクセの強《つよ》い生徒《せいと》がいるなんて聞《き》いたことがない。

「やっぱりおまえも一年《いちねん》か。ま、んなことはどうでもいい。それで、どうする？　観念《かんねん》してなやみを話《はな》すか、それとも料金《りょうきん》を払《はら》うか」

「うっ……」

待《ま》って。そもそも、なんでなやみを言《い》ったらタダで、言《い》わなかったら三千円《さんぜんえん》になるの!?　ふつう逆《ぎゃく》じゃない!?

ここまでして人《ひと》のなやみを聞《き》きたいなんて、ちょっとおかしいよ。

わたしは少《すこ》しなやんだものの、すぐに結論《けつろん》を出《だ》した。

「わ……かりました。三千円《さんぜんえん》、お支払《しはら》いします……」

この人《ひと》がどういうつもりでこんなことを言《い》っているのかはわからないけれど、同級生《どうきゅうせい》の男《おとこ》の子《こ》とわかったからには、やっぱり話《はな》すことはできないと思《おも》ったんだ。

だって、どんなに気《き》をつけて話《はな》しても、たぶん、空乃《あきの》ちゃんの悪口《わるくち》になってしまうし、それをほかの人《ひと》に言《い》いふらされてしまうかもしれない。

西大路《にしおおじ》くんは、鼻《はな》にしわを寄《よ》せて、いまいましそうに舌打《したう》ちした。

「っそ。なら、さっさと払《はら》え。そんで帰《かえ》れ」

「あっ、でも、ごめんなさい！　今《いま》はお金《かね》がないので……、来月《らいげつ》のお小遣《こづか》いがもらえる日《ひ》まで、待《ま》ってもらえますか？」

「はあ!?　たった三千円《さんぜんえん》ぽっちだぞ？　この学園《がくえん》に通《かよ》う生徒《せいと》なら、そんぐらい持《も》ってるだろ」

西大路《にしおおじ》くんは、眉《まゆ》をつり上《あ》げる。

「そんなことないですよ。少《すく》なくとも、わたしや、うちの家族《かぞく》にとって、三千円《さんぜんえん》は大金《たいきん》です」

たしかに、この学園《がくえん》は世間一般《せけんいっぱん》で言《い》われる「お金持《かねも》ち」の家《いえ》の子《こ》が多《おお》い。

でも、わたしの家《いえ》みたいに、ふつうの家《いえ》の子《こ》も結構《けっこう》いるのだ。

ちなみに、早弓《さゆみ》ちゃんの家《いえ》もそう。空乃《あきの》ちゃんの家《いえ》は……くわしく聞《き》いたことがないけれど、持《も》ち物《もの》などから推測《すいそく》するに、うちや早弓《さゆみ》ちゃんと同《おな》じような家庭《かてい》じゃないかと思《おも》う（お金持《かねも》ちの子《こ》は、ふつうにブランド物《もの》のお財布《さいふ》や、スマホケースを持《も》ってきているからね）。

「……おまえんち、もしかして、貧乏《びんぼう》なのか？」

「貧《びん》っ……！　そこまでではないと思《おも》いますけど、とにかく三千円《さんぜんえん》は高《たか》いんですっ」

「ふーん」

「というわけで、来月《らいげつ》には必《かなら》ず払《はら》いますから。それじゃあ……」

そう言《い》い残《のこ》して去《さ》ろうとするけれど、つかまれたままの手《て》が、ぐんっと引《ひ》っ張《ぱ》られる。

「待《ま》てよ。おれは、来月《らいげつ》でもいいとは言《い》ってない」

「そんなこと言《い》われても……それじゃ、どうしたら」

ないものは、ないのだ。

「なやみを言《い》えばいいじゃないか、それなら金《かね》はいらない」

「だから、言《い》うようななやみなんてないんですって」

困《こま》り切《き》ったわたしを見《み》て、西大路《にしおおじ》くんは思案顔《しあんがお》になった。

「なやみも言《い》わない、金《かね》も払《はら》えない、か。だったら……そうだな」

そこで、西大路《にしおおじ》くんは、じろっとわたしをにらんだ。

「労働《ろうどう》で、払《はら》ってもらうか」

3　お支払《しはら》いは、労働《ろうどう》で

「よい、しょっ……と」

わたしは、温室《おんしつ》の入口《いりぐち》に即席《そくせき》で作《つく》った看板《かんばん》を置《お》いた。

『喫茶部《きっさぶ》　OPEN《オープン》
～おなやみ、ご相談《そうだん》のある方《かた》歓迎《かんげい》します～』

よし。こうしておけば、わたしのような人《ひと》が、なにもわからないまま被害《ひがい》を受《う》けることがなくてすむはず……だよね？

ちなみに、この「喫茶部《きっさぶ》」という名称《めいしょう》の通《とお》り、なんと、このお店《みせ》もどきは「部活動《ぶかつどう》」だったらしい。

だったら料金《りょうきん》を取《と》るのはどうなの……!?　と思《おも》ったのだけれど、「部活《ぶかつ》っていっても、経費《けいひ》がかかってんだよ。設備《せつび》とか、茶葉《ちゃば》とか。必要経費《ひつようけいひ》くらいはもらわないとだろ。それに学園側《がくえんがわ》に許可《きょか》は取《と》ってあるんだ」と西大路《にしおおじ》くんに言《い》われてしまって……。

それでもなぜか、西大路《にしおおじ》くんは「なやみを相談《そうだん》する人《ひと》からは、料金《りょうきん》を取《と》るつもりがない」ようなので、わたしはぜひ、そういうお客《きゃく》さんだけに来《き》てもらいたい、と思《おも》う。

——チリリン♪

ドアを開《あ》けて中《なか》に戻《もど》ると、カウンターで、古《ふる》い手帳《てちょう》のようなものを開《ひら》いていた西大路《にしおおじ》くんが、じろっとこちらを見《み》た。

「看板《かんばん》は完成《かんせい》したか？　そしたら次《つぎ》は掃除《そうじ》をたのむ。こういう店《みせ》は清潔感《せいけつかん》が大事《だいじ》だからな。テーブルや椅子《いす》はもちろん、窓《まど》や床《ゆか》も、しっかりきれいにしてくれよ」

え……わたしだけ、掃除《そうじ》かぁ。

そう思《おも》いつつも、口《くち》には出《だ》せず、うなずく。

「わかりました」

温室《おんしつ》のすみにある掃除用具入《そうじようぐい》れからガラスクリーナーと雑巾《ぞうきん》を取《と》り出《だ》し、室内《しつない》を見渡《みわた》した。

教室《きょうしつ》より、一回《ひとまわ》り大《おお》きいくらいの広《ひろ》さだ。

ええと、まずは窓《まど》を……って、ここって、よく考《かんが》えたらほとんど壁《かべ》の部分《ぶぶん》がなくて、ほぼ窓《まど》なんですけど！

しかも、そのあと床《ゆか》をほうきではいて、テーブルと椅子《いす》を拭《ふ》いてって、かなりの重労働《じゅうろうどう》だ。

「キリキリ動《うご》けー。客《きゃく》が来《く》る前《まえ》には終《お》わらせろよー」

うぐっ、「こんなのひとりでやれなんて、ひどいです！　ブラック部活《ぶかつ》ですか！」って、文《もん》句《く》を言《い》いたい……！

だけど、言《い》えないんだよねぇ。

自分《じぶん》の性格《せいかく》に、ほとほと嫌気《いやけ》がさすけれど、しかたがない。

わたしはフリルのついたエプロンの下《した》に着《き》ている、黒《くろ》のワンピース――いわゆる、メイド服《ふく》と呼《よ》ばれるようなものだ――の、そでをまくった。

ちなみに、これは今日《きょう》、西大路《にしおおじ》くんから「ユニフォームだ」と、手渡《てわた》されたもの。

渡《わた》された瞬間《しゅんかん》、え、これを着《き》るの……!?　学園内《がくえんない》で!?　って、ぎょっとしてしまったんだけど

（ちなみに、西大路《にしおおじ》くんは当然《とうぜん》のように昨日《きのう》と同《おな》じ執事服《しつじふく》を着《き》ていた）、

「給仕《きゅうじ》は、執事《しつじ》かメイドがするってのが常識《じょうしき》だろ。だから、わざわざうちにあったやつを持《も》ってきたんだ。感謝《かんしゃ》して着《き》ろよ」

って、得意《とくい》げに言《い》われて、いや、それ、どこの富豪《ふごう》の常識《じょうしき》ですか……!?　って、ツッコみたか

ったんだけど、できなかった。

まあ、ちょっと気《き》はずかしいけど、この服自体《ふくじたい》はかわいいし、ユニフォームならしかたがない！　と、思《おも》えたからそれはいいんだ。

でも……こんなにこき使《つか》われるとは思《おも》ってなかったからなぁ……。

はあ。喫茶部《きっさぶ》の部員《ぶいん》になること、もう少《すこ》し考《かんが》えてから決《き》めればよかったかも。

——そう、わたしは、お茶《ちゃ》の代金《だいきん》のかわりに、この「喫茶部《きっさぶ》」の、部員《ぶいん》になったんだ。

聞《き》けば、喫茶部《きっさぶ》はまだ新設《しんせつ》されたばかりで、西大路《にしおおじ》くん以外《いがい》の部員《ぶいん》がいなかったらしく、ちょうど何人《なんにん》か募集《ぼしゅう》しようと思《おも》っていたところらしい。

でも、「なまじっか金持《かねも》ちのぼっちゃんやお嬢《じょう》ちゃんを入《い》れたら面倒《めんどう》そうだし、見《み》るからに庶民《しょみん》のおまえのほうが使《つか》い勝手《がって》がよさそうだ」との理由《りゆう》で（ひどい！）、お茶《ちゃ》の代金《だいきん》を免除《めんじょ》するかわりに、部員《ぶいん》になれと言《い》われたのだ。

正直《しょうじき》、仮《かり》に来月《らいげつ》まで待《ま》ってもらえたとしても、三千円《さんぜんえん》の出費《しゅっぴ》は痛《いた》い。

それが、部員《ぶいん》になることで免除《めんじょ》になるなら……と、安易《あんい》にこの話《はなし》を受《う》けてしまったんだけれど、正直《しょうじき》、少《すこ》し、いやかなり後悔《こうかい》している。

「どのへんから拭《ふ》こうかな……」

「すみませんねぇ、兎田《とだ》さん。ぼっちゃん、人遣《ひとづか》いが荒《あら》くって」

窓拭《まどふ》き用《よう》の道具《どうぐ》を手《て》にうろうろしていたら、西田先生《にしだせんせい》に声《こえ》を掛《か》けられた。

西田先生《にしだせんせい》は、この「喫茶部《きっさぶ》」の顧問《こもん》だ。

元《もと》は園芸部《えんげいぶ》の顧問《こもん》だったらしいんだけれど、廃部《はいぶ》になってしまってからは、西田先生《にしだせんせい》がこの温《おん》室《しつ》を管理《かんり》していたらしい。

なんでも、西大路《にしおおじ》くんとは遠《とお》い親戚関係《しんせきかんけい》でもあり（ふたりの態度《たいど》から察《さっ》するに、おそらく西大《にしおお》路《じ》くんの家《いえ》のほうがえらい？）、部《ぶ》の設立《せつりつ》から、温室《おんしつ》の改装《かいそう》まで、面倒《めんどう》なことはすべて、西田先《にしだせん》生《せい》がうけおったらしい。

それなのに、まったくいやな顔《かお》をせずに、にこにこ笑顔《えがお》の西田先生《にしだせんせい》に、わたしは好感《こうかん》と、みょうな親近感《しんきんかん》をおぼえていた。

「西大路本家《にしおおじほんけ》の跡取《あとと》り息子《むすこ》ですからね。昔《むかし》から、人《ひと》を遣《つか》うことに抵抗《ていこう》がないんですよ。……でも、悪《わる》い方《かた》じゃないですから」

西田先生《にしだせんせい》は、後半部分《こうはんぶぶん》だけ声《こえ》をひそめた。

「はぁ。いえ……。先生《せんせい》も、大変《たいへん》ですね」

わたしも声《こえ》をひそめて言《い》うと、西田先生《にしだせんせい》はにこっと笑《わら》う。

「いえいえ。あ、ぼくも、この子《こ》たちの世話《せわ》が終《お》わったら、掃除《そうじ》を手伝《てつだ》いましょう」

「あ、いいえっ。だいじょうぶですよ！」

わたしはぶんぶんと首《くび》を横《よこ》に振《ふ》って、それから先生《せんせい》の手元《てもと》をのぞき込《こ》んだ。

西田先生《にしだせんせい》は、シャベルと霧吹《きりふ》きを持《も》って、プランターの植物《しょくぶつ》の世話《せわ》をはじめたのだ。

「先生《せんせい》、これはなんて植物《しょくぶつ》なんですか？」

「これですか？　こっちの子《こ》はラベンダー。そして、こっちの子《こ》はカミツレ。カモミールとも言《い》いますね。どっちもハーブの一種《いっしゅ》ですよ」

「へえ」

ラベンダーは紫色《むらさきいろ》の小《ちい》さな花《はな》をたくさんつけていて、カモミールは白《しろ》い花弁《かべん》のかわいい花《はな》だ。

「じゃあ、そっちの葉《は》っぱはなんですか？」

「ペパーミントです。それからあちらにあるのが、レモングラス。これらも全部《ぜんぶ》ハーブですよ」

「わあ、全部《ぜんぶ》ハーブなんですか！　先生《せんせい》は、ハーブがお好《す》きなんですねぇ」

わたしがそう言《い》うと、西田先生《にしだせんせい》は困《こま》ったような八《はち》の字眉毛《じまゆげ》になった。

「そうですね。まあ、嫌《きら》いではないです……が、ここで育《そだ》てているものの大半《たいはん》は、ぼっちゃんからのご要望《ようぼう》だから、ですかねぇ」

そう言《い》われて、ハッとした。

そういえば、わたしが昨日《きのう》飲《の》んだお茶《ちゃ》もハーブティーだった。ということは！

「西大路《にしおおじ》くんっ」

「おう、なんだ」

「昨日《きのう》のハーブティーって、ここの温室《おんしつ》でとれたものを使《つか》っていたんですかっ？」

「ああ。それがどうした？」

西大路《にしおおじ》くんは、真剣《しんけん》な顔《かお》で手帳《てちょう》をめくりながらどこ吹《ふ》く風《かぜ》だ。

「どうしたもこうしたも……それで三千円《さんぜんえん》は、ちょっと高《たか》すぎないですかねっ？」

きっと、とても高級《こうきゅう》な茶葉《ちゃば》を使《つか》っているんだろうなって。

だからこそ、あの値段《ねだん》だったんだ、と思《おも》っていたのに！

「なに言《い》ってんだ。このおれが、わざわざ給仕《きゅうじ》してやったんだぞ？　それくらいもらって当然《とうぜん》だ。むしろ安《やす》いくらいだろ」

う、うわぁ……。

顔《かお》はひきつってしまったけど「いいえ、高《たか》いです！　いくらイケメンだからって、自分《じぶん》の給仕《きゅうじ》にそんな高値《たかね》をつけるなんて、ちょっと図々《ずうずう》しいんじゃないですかっ？」とは言《い》えなかった。

うう～っ、わたしの、意気地《いくじ》なし～！

歯《は》を食《く》いしばりながら窓《まど》を拭《ふ》いていると、ドアベルの音《おと》がした。


――チリリン♪


「あ、すみません！　まだ、掃除《そうじ》と準備《じゅんび》が終《お》わっていなくて――」

そう言《い》いながら顔《かお》を上《あ》げると、ドアを開《あ》けて入《はい》ってきたのは、見知《みし》った少女《しょうじょ》だった。

「白根《しらね》さん……？」

わたしは、びっくりして、その名《な》を口《くち》にする。

白根《しらね》ふゆ。

雪《ゆき》のように白《しろ》い肌《はだ》に、さらさらでまっすぐな長《なが》い髪《かみ》。「まるでガラスケースに飾《かざ》られたお人形《にんぎょう》のよう――」と、評《ひょう》されるほどの美少女《びしょうじょ》だ。でも、そう例《たと》えられるのは、彼女《かのじょ》の顔立《かおだ》ちがきれいだから、だけではなく、その表情《ひょうじょう》がまったく動《うご》かないから――だったりする。

白根《しらね》さんは同《おな》じクラスだけど、じつは、彼女《かのじょ》とまともに会話《かいわ》したことはない。

なんというか、こう……人《ひと》を寄《よ》せつけないような、独特《どくとく》の雰囲気《ふんいき》があるんだよね。

それでも、せっかくクラスメイトになったんだし。

そう思《おも》って、わたしは何度《なんど》か、勇気《ゆうき》を出《だ》してあいさつしてみたことがある。でも、それに対《たい》する返事《へんじ》はなく、ただ無言《むごん》で、じっと見返《みかえ》されただけだった。

……た、たぶん、ひとりでいるのが好《す》きな人《ひと》、なんだろうな。

ちょっぴり落《お》ち込《こ》みそうになった自分《じぶん》にそう言《い》い聞《き》かせて。それからは、そっと見守《みまも》ることにしたんだ。

そんな白根《しらね》さんが、わたしのほうを見《み》て、ぱちぱちとまばたきをした。

そして、ゆっくりと口《くち》を開《ひら》いてこう言《い》ったんだ。

「……兎田《とだ》さん。こんにちは」

4 白根《しらね》ふゆ、ご来店《らいてん》

あっ、あいさつされた！

それに「兎田《とだ》さん」って呼《よ》ばれた……っていうか、わたしの苗字《みょうじ》、知《し》ってたんだー!?

内心《ないしん》に、驚愕《きょうがく》の大嵐《おおあらし》がまきおこる中《なか》、わたしはあわてて白根《しらね》さんを迎《むか》え入《い》れる。

「――あ、うんっ。白根《しらね》さん、こんにちは！」

「外《そと》に、喫茶部《きっさぶ》って看板《かんばん》がありましたが、ここで、お茶《ちゃ》が飲《の》めるということですか」

そうたずねられて、わたしはあせってしまう。

「あ、えっと、それは……そうなんだけど、ね」

どうしよう。なんて言《い》えばいいだろう？

わたしがとまどっている間《あいだ》に、カウンターの奥《おく》にいた西大路《にしおおじ》くんが出《で》てきてしまった。

「いらっしゃいませ。ご相談《そうだん》がおありのお客様《きゃくさま》ですか？」

「相談《そうだん》？」

白根《しらね》さんが不思議《ふしぎ》そうな顔《かお》をしたので、まずい！　と思《おも》う。

「あ、あのっ、西大路《にしおおじ》くんっ。彼女《かのじょ》はわたしのクラスメイトなんですけど、ここでお茶《ちゃ》が飲《の》めると思《おも》って来《き》てくれたみたいで……」

わたしがそう言《い》うと、西大路《にしおおじ》くんは露骨《ろこつ》にがっかりした。

「なんだ。茶《ちゃ》だけ飲《の》みたいんなら金《かね》は取《と》るぞ。それでもいいなら入《はい》れ」

「そうですか、わかりました」

白根《しらね》さんは、あっさりとうなずく。

「やっ、やー！　でもね白根《しらね》さん！　ここのお茶《ちゃ》、決《けっ》して安《やす》くはないっていうかっ……」

あせって早口《はやくち》になりながらも、大事《だいじ》なことを伝《つた》える。

安《やす》くはないっていうか、高《たか》いんだよ。ものすごーく、高《たか》いの！

わたしのアピールに、白根《しらね》さんはまた、パチパチとまばたきした。

「……電子《でんし》マネーでもいいですか？」

「えっ」

「今《いま》、現金《げんきん》の持《も》ち合《あ》わせはそれほどないのですが、電子《でんし》マネーでなら、いくらでも支払《しはら》えます。足《た》りなくなればオートチャージできるので、高《たか》くなってもだいじょうぶです」

予想外《よそうがい》の返答《へんとう》に、わたしはとっさに返《かえ》す言葉《ことば》を思《おも》いつけない。

「でっ、電子《でんし》マネー？　えっと、電子《でんし》マネーは……」

「だぁ〜いじょうぶですよ、お嬢様《じょうさま》〜」

とまどうわたしを押《お》しのけて、西大路《にしおおじ》くんがずいっと前《まえ》に出《で》てくる。

「電子《でんし》マネーでも、問題《もんだい》なく対応《たいおう》させていただきます〜」

ま、まずい。西大路《にしおおじ》くんの瞳《ひとみ》が、完全《かんぜん》に¥《えん》マークになっている……！

「ちょっ！　ちょっと、西大路《にしおおじ》くんっ、だめですよっ」

わたしはあわてて、西大路《にしおおじ》くんのうでをつかんだ。

「おや、なにがだめなのでしょう？　手《て》を放《はな》してください」

「今《いま》、白根《しらね》さんから、ぼったくれると思《おも》いましたよね！」

「ははっ、ぼったくり？　いやだなぁ、まさかそんなこと――おい、だまってろ」

西大路《にしおおじ》くんは、わたしにだけ聞《き》こえる声量《せいりょう》で毒《どく》づく。

「お願《ねが》いですっ。適正価格《てきせいかかく》にするって、約束《やくそく》してください〜！」

自分《じぶん》のときは、最初《さいしょ》に確認《かくにん》しなかったわたしにも落《お》ち度《ど》がある、とか思《おも》ってしまったけど……。

なにも知《し》らない白根《しらね》さんが、だましうちのような目《め》にあうのを、だまって見《み》ているわけにはいかないよ！

「はいはい、わかった。適正価格《てきせいかかく》、な」

「そ、その顔《かお》は、全然《ぜんぜん》わかってないですよねっ。いくらにするつもりなんですか？　今《いま》ここで、明言《めいげん》してくださいっ」

「はははは」

「笑《わら》ってごまかさないでくださいー！　あ、そうだ！　白根《しらね》さんに出《だ》すお茶《ちゃ》、わたしが淹《い》れます。それなら、付加価値《ふかかち》もなにもないですよねっ？」

わたしがそう言《い》うと、西大路《にしおおじ》くんが、痛《いた》いところを突《つ》かれた！　という顔《かお》をした。

「おい、いいかげんにしろよ。おれにとっちゃ、なやみを持《も》ってこないやつは無価値《むかち》なんだよ！　なやみがないなら、それにかわる対価《たいか》は払《はら》ってもらう！」

「じゃあどうして喫茶部《きっさぶ》なんてやってるんですか!?」

小声《こごえ》でやり取《と》りしていると、耳元《みみもと》を、バサササッと羽音《はおと》がかすめた。

パッと顔《かお》を上《あ》げると、フレディちゃんだ。

フレディちゃんはわたしたちの間《あいだ》をすり抜《ぬ》けて、白根《しらね》さんの頭《あたま》にとまった。

「……えっ」

――ザシュッ、ザシュッ！


「わあぁ！　フレディちゃん、だめー！」

白根《しらね》さんの頭《あたま》をつっつきはじめるフレディちゃんを、わたしは必死《ひっし》に追《お》い払《はら》う。

「白根《しらね》さん、だいじょうぶ!?」

つつかれている間《あいだ》も無表情《むひょうじょう》だったけど……、さすがに頭《あたま》、痛《いた》いよね!?

そう思《おも》いながら白根《しらね》さんに近《ちか》づいたわたしの横《よこ》から、西大路《にしおおじ》くんがずいっと身《み》を乗《の》り出《だ》した。

「おいあんた、なやんでることがあるのか？」

「もうっ、西大路《にしおおじ》くん、今《いま》はそんなこと――」

さえぎろうとしたわたしの目《め》の前《まえ》で、白根《しらね》さんはうなずいた。

「なやみ。まあ、あるかと言《い》われれば、あります」

それを聞《き》いたとたん、西大路《にしおおじ》くんは、すっと姿勢《しせい》を正《ただ》す。

「大変失礼《たいへんしつれい》いたしました。お嬢様《じょうさま》」

そして、今《いま》までのやり取《と》りなんてまるっと忘《わす》れたかのように、紳士的《しんしてき》な微笑《ほほえ》みを浮《う》かべた。

「どうぞ、お席《せき》に。わたしが美味《おい》しいお茶《ちゃ》をお淹《い》れしましょう」

うやうやしく白根《しらね》さんをテーブルに案内《あんない》すると、西大路《にしおおじ》くんはわたしにしてくれたのと同《おな》じ手《て》順《じゅん》で、ハーブティーを給仕《きゅうじ》した。

「どうぞ。心《こころ》が安《やす》らぐハーブティーです」

白根《しらね》さんは、こくっとうなずくと、カップに口《くち》をつけた。

西大路《にしおおじ》くんは微笑《ほほえ》みながら、白根《しらね》さんの向《む》かいの席《せき》に腰掛《こしか》ける。

「それで、どういったことでおなやみなのですか？」

「――人《ひと》の、輪《わ》に入《はい》ることができません」

白根《しらね》さんはカップを置《お》きながら、ぽつりと言《い》った。

「それが、わたしのなやみです」

「なるほど」

西大路《にしおおじ》くんは、もっともらしい表情《ひょうじょう》でうなずく。

一方《いっぽう》、西大路《にしおおじ》くんの後《うし》ろに立《た》っていたわたしは、とてもおどろいていた。

「えっ、白根《しらね》さんって、人《ひと》の輪《わ》に入《はい》りたいと思《おも》ってたの……!?」

「はい」

白根《しらね》さんは、無表情《むひょうじょう》でうなずき、わたしを見上《みあ》げる。

「意外《いがい》ですか？」

「う、うん。正直言《しょうじきい》うと、白根《しらね》さんはあまり人《ひと》と関《かか》わりたくないんだと思《おも》ってたよ」

「そんなことはありません。わたしも人並《ひとな》みに、人《ひと》と関《かか》わりたいです」

「そうだったんだ……」

だったら、一度《いちど》あいさつを無視《むし》されただけであきらめずに、声《こえ》を掛《か》け続《つづ》ければよかったな。

わたしがそんなことを思《おも》っていると、西大路《にしおおじ》くんが口《くち》を開《ひら》いた。

「でしたら、自分《じぶん》から人《ひと》に話《はな》しかけてみればよいのでは？」

「ですが、わたしはどうも、空気《くうき》というものが読《よ》めないらしいんです」

「と、言《い》いますと」

「わたしがなにか言《い》うと、みんなが困《こま》った顔《かお》をしたり、怒《おこ》ったり、ときには泣《な》かせたりしてしまうんですよね。小学校時代《しょうがっこうじだい》は、それでずいぶんと嫌《きら》われてしまいました。だから、中学《ちゅうがく》に上《あ》がってからは、もういっそだれともしゃべらないようにしたんです。そのおかげでこの半年《はんとし》、目立《めだ》ったトラブルはおきませんでした」

白根《しらね》さんは、長文《ちょうぶん》を一息《ひといき》で言《い》い切《き》った。

「ふむ。それはすばらしい対処法《たいしょほう》ですね」

西大路《にしおおじ》くんが、感心《かんしん》したように言《い》う。

でも、えっ？　本当《ほんとう》にすばらしいかな？　この方法《ほうほう》……。

「わたしも、いい方法《ほうほう》だと思《おも》っていました。でも、この方法《ほうほう》には唯一欠点《ゆいいつけってん》があるんですよ。せっかくだれかにあいさつしてもらっても、視線《しせん》で返《かえ》すしかないのです」

その言葉《ことば》に、わたしはハッとした。

「あっ、だからわたしがあいさつしたとき、じーっとこっちを見《み》てたんだ？」

すると、白根《しらね》さんはうなずいた。

「はい。『おはようございます』と、強《つよ》く念《ねん》じながら見《み》つめました」

「あぁーっ、そうだったんだね〜……！」

「ちゃんと、伝《つた》わっていましたか？」

「えっと……残念《ざんねん》ながら」

本当《ほんとう》に申《もう》し訳《わけ》ないけど、わたしはテレパシストじゃないから、まったく伝《つた》わってなかったよ。

なんて思《おも》いつつ、苦笑《くしょう》しながら返《かえ》すと、白根《しらね》さんは肩《かた》を落《お》とした。

「そうですか。もしかしたら、そうかもしれないとは思《おも》っていたんです。しばらくすると兎田《とだ》さんは、あいさつをしてくれなくなってしまったので」

「ごめんね……」

「いいえ。この学園《がくえん》で何度《なんど》か声《こえ》を掛《か》けてくれたのは兎田《とだ》さんだけなので、本当《ほんとう》にうれしかったです。それもあって、今日《きょう》は思《おも》い切《き》って、声《こえ》を出《だ》してあいさつしてみました。あの……不快《ふかい》な気持《きも》ちにはなりませんでしたか？」

「なるわけないよ！　うれしかったよ……！」

そんな風《ふう》に思《おも》って、あいさつしてくれたなんて、むしろ光栄《こうえい》だ。

「そうですか、よかったです。兎田《とだ》さんがそのように感《かん》じてくださるやさしい人《ひと》で」

「そんなことないよー。きっと、わたし以外《いがい》だってだれでもうれしい……」

言《い》いかけて、ハッとした。

「ごめん。だれでもって言《い》うのは、うそになっちゃうかも」

世《よ》の中《なか》にはいろんな人《ひと》がいるしね。それに、いつもなら問題《もんだい》なくても、状況《じょうきょう》によって、たとえばものすごく体調《たいちょう》が悪《わる》かったり、悲《かな》しいことがあって泣《な》いていたりすると、声《こえ》を掛《か》けられても無《む》視《し》してしまうこともあるかもしれない。

そう思《おも》って訂正《ていせい》すると、白根《しらね》さんはうなずいた。

「やはり不快《ふかい》に思《おも》う人《ひと》もいるということですね。そういう人《ひと》は、どう見分《みわ》ければいいのでしょう」

「えっ、どうだろう……。なんとなく、雰囲気《ふんいき》で？」

「雰囲気《ふんいき》」

白根《しらね》さんは「雰囲気《ふんいき》」という言葉《ことば》を「絶望《ぜつぼう》」のトーンでつぶやいた。

「やっ、でもね、ほとんどの人《ひと》は、あいさつされて不快《ふかい》になったりしないと思《おも》うよ！　たぶん、九割《きゅうわり》くらいはだいじょうぶなはずだからっ」

「その残《のこ》りの一割《いちわり》を引《ひ》き当《あ》てるのがわたしなので」

きっぱりと言《い》われて、わたしは頭《あたま》を抱《かか》えたくなった。

ああ〜っ、もう、なんてフォローすればいいんだろう〜！

「……とまあ、このように、わたしは人《ひと》と上手《うま》くつき合《あ》うことができません。ですが、このままではまずいという危機感《ききかん》を持《も》っているのです。今後《こんご》のことを思《おも》うと、やはりできることなら、人《ひと》の輪《わ》に入《はい》れるようになりたいと……そう願《ねが》ってしまうのです」

わたしがもだもだしている間《あいだ》に、白根《しらね》さんがしめくくった。

白根《しらね》さんの表情《ひょうじょう》は変《か》わらないけれど、こころなしか、さみしげに見《み》える。

でも……、このなやみって、どうしたら解決《かいけつ》できるんだろう？

正直《しょうじき》なところ、わたしも人間関係《にんげんかんけい》を築《きず》くのが大得意《だいとくい》というわけではないけれど、それほど苦労《くろう》した経験《けいけん》もない。どちらかというと、白根《しらね》さんとは真逆《まぎゃく》の性質《せいしつ》の気《き》がする。

空気《くうき》が読《よ》める、というよりは……読《よ》みすぎてしまう、というのかな。

わずかな表情《ひょうじょう》や、声《こえ》のトーンなどから、その人《ひと》がどんな気持《きも》ちかが、なんとなくわかってしまうんだ。

だけど、それをどうやって感知《かんち》しているのか？　と聞《き》かれても、上手《うま》く答《こた》えられない。

なんとなく感《かん》じるとしか言《い》えないいんだよね……。

わたしは、うーんと考《かんが》え込《こ》んでしまう。

「――お話《はなし》は、だいたいわかりました」

そこで、西大路《にしおおじ》くんが、ゆっくりとうなずいた。

「ここからは本音《ほんね》でお話《はな》ししたいので、言葉《ことば》をくずしてもよろしいでしょうか？」

いつになく真剣《しんけん》な表情《ひょうじょう》の西大路《にしおおじ》くんに、なにかいい案《あん》を思《おも》いついたんだろうかと、期待《きたい》が込《こ》み上《あ》げる。

西大路《にしおおじ》くん、ずっと人《ひと》の相談《そうだん》を受《う》けたがっていたもんね。こういうの、得意《とくい》なのかもしれない。

「どうぞ」

「それでは、お言葉《ことば》に甘《あま》えて」

そこで西大路《にしおおじ》くんは宣言通《せんげんどお》り、ガラッと口調《くちょう》を変《か》えた。

「白根《しらね》と言《い》ったな。おまえ、この世《よ》で一番大切《いちばんたいせつ》なものって、なんだと思《おも》う？」

白根《しらね》さんは、ゆっくりとまばたきした。

「この世《よ》で一番大切《いちばんたいせつ》なもの、ですか？」

「ああ。かけがえのない、ただ一《ひと》つのものだ」

この世《よ》で一番大切《いちばんたいせつ》な、かけがえのないもの……か。なんだろう？

自分《じぶん》に向《む》けられた問《と》いではないけれど、ふと、考《かんが》えてしまう。

一《ひと》つだけって考《かんが》えると、むずかしいな。

家族《かぞく》？　それとも、友《とも》だち？

いろんな人《ひと》の顔《かお》が浮《う》かんでくるけど、みんな大事《だいじ》だ。

「うーん」

白根《しらね》さんも、なやんでしまったのだろう。眉根《まゆね》を寄《よ》せて、むずかしい顔《かお》をしている。

「自由《じゆう》とか……、平和《へいわ》、でしょうか」

「ああ、なるほど！　たしかにそういう答《こた》えもあるよね。わたしは、家族《かぞく》とか、友《とも》だちかなって思《おも》ったよ」

自由《じゆう》も、平和《へいわ》も、思《おも》いつかなかったなぁ。

わたしは感心《かんしん》しながらうなずく。けれど、西大路《にしおおじ》くんは大《おお》きく首《くび》を横《よこ》に振《ふ》った。

「全部《ぜんぶ》ちがう」

「えっ、じゃあ、なんですか？」

わたしがたずねると、西大路《にしおおじ》くんは真顔《まがお》で答《こた》えた。

「金《かね》だ」

「えっ？」

「だから、金《かね》だよ。お・か・ね」

その瞬間《しゅんかん》、わたしの脳《のう》はフリーズした。

人《ひと》は、あまりに予測不能《よそくふのう》な言葉《ことば》を聞《き》くと、思考《しこう》が止《と》まってしまうものらしい。

「お……かね……？」

「そう、お金《かね》。金《かね》さえあれば、たいていのことはなんでもできる。それこそ、他人《たにん》と無理《むり》に関《かか》わらなくてもいいんだ」

西大路《にしおおじ》くんは、いったい、なにを言《い》っているの……？

ぽかーんとしているわたしをよそに、西大路《にしおおじ》くんはさらに続《つづ》ける。

「だから白根《しらね》、おまえは自分《じぶん》が一生安泰《いっしょうあんたい》に暮《く》らせるくらいの金《かね》を、どうにかして稼《かせ》ぐ方法《ほうほう》を考《かんが》えろ。ふつうに働《はたら》くのは人間関係《にんげんかんけい》がついてまわるから、ほかの方法《ほうほう》がいいだろうな。芸術系《げいじゅつけい》とか、勝負事《しょうぶごと》の世界《せかい》とか……。ま、とりあえず、投資《とうし》とかの勉強《べんきょう》をしてみたらどうだ？」

「ちょちょっ、ちょーっと待《ま》ってください！」

わたしは、全力《ぜんりょく》で思考停止《しこうていし》を解除《かいじょ》し、西大路《にしおおじ》くんにストップをかけた。

「な、なんてこと勧《すす》めてるんですかっ」

「あ？　金《かね》の勉強《べんきょう》をはじめるのは、悪《わる》いことじゃないだろ。むしろ、早《はや》ければ早《はや》いほどいいと思《おも》うぜ。これは人《ひと》づき合《あ》いが苦手《にがて》な白根《しらね》が、なやまずに生《い》きていくための解決策《かいけつさく》だ。なにもまちがったことは言《い》ってないだろ？」

「たしかに、ある意味《いみ》、解決策《かいけつさく》ではありますけど！　わたしも、ちょこっとだけ、なるほどって思《おも》っちゃいましたけど！」

「だろ？」

わたしの言葉《ことば》に、西大路《にしおおじ》くんは満足《まんぞく》げだ。

「あ、おまえも投資《とうし》の勉強《べんきょう》するか？　なんなら教《おし》えてやってもいいぜ。有料《ゆうりょう》でな」

「結構《けっこう》ですっ」

ていうか、わたしにそんなお金《かね》はないって知《し》ってるよね!?

それと西大路《にしおおじ》くんの提案《ていあん》には、大事《だいじ》なことが抜《ぬ》けている。

「そもそも白根《しらね》さんの望《のぞ》みは、人《ひと》の輪《わ》に入《はい》りたい！　っていうことでしたよね。そんな白根《しらね》さんに、人《ひと》と関《かか》わらずに生《い》きていく方法《ほうほう》を提案《ていあん》してどうするんですかっ」

「いいなぁ……」

そんな掛《か》け合《あ》いをしているわたしたちを見《み》て、白根《しらね》さんがつぶやいた。

「そんなふうに、楽《たの》しそうに、言《い》いたいことを言《い》い合《あ》えて……うらやま、しい」

そして、しゃべりながら、つうーっと涙《なみだ》をこぼす。

「えっ、ええっ!?　白根《しらね》さんっ？」

わたしと西大路《にしおおじ》くんの殺伐《さつばつ》としたやり取《と》りが、そんないいものに見《み》えたなんて!?

静《しず》かに泣《な》きだした白根《しらね》さんを前《まえ》に、わたしはおろおろしてしまう。

「し、白根《しらね》さん、安心《あんしん》して？　わたしと西大路《にしおおじ》くんは、それほど親《した》しくないんだよ。って、いうのも、なんか変《へん》な話《はなし》だけど……」

それにじつのところは、言《い》いたいことの半分《はんぶん》も言《い》えていないし……。

「そうだぞ。おれたちは、完全《かんぜん》にビジネスライクな関係《かんけい》だ」

わたしと西大路《にしおおじ》くんが口々《くちぐち》にそう言《い》う中《なか》で、白根《しらね》さんはポケットからティッシュを取《と》り出《だ》し、ちーんと鼻《はな》をかんだ。

「そうなんですか……。でも、やっぱり、うらやましいです」

「あ、あのね、白根《しらね》さん」

相変《あいか》わらず表情《ひょうじょう》は変《か》わらないものの、なんとなくしずんだ雰囲気《ふんいき》の白根《しらね》さんを元気《げんき》づけたい。

そう思《おも》って、わたしは思《おも》い切《き》って提案《ていあん》する。

「西大路《にしおおじ》くんとお金《かね》の勉強《べんきょう》をするかどうかは、白根《しらね》さんに任《まか》せるけど……。まずはわたしと一緒《いっしょ》に、人《ひと》づき合《あ》いの練習《れんしゅう》をしてみない？」

「え……？」

白根《しらね》さんは、涙《なみだ》で赤《あか》くなった目《め》で、わたしを見上《みあ》げる。

「もちろん、空気《くうき》の読《よ》み方《かた》や、人《ひと》の気持《きも》ちのとらえ方《かた》って、教《おし》えられるものではないと思《おも》うし、がんばったからって、いきなり上手《じょうず》になれるものでもないかもしれないんだけど……」

それでも、そういう分野《ぶんや》でなら、ある程度《ていど》わたしが力《ちから》になれるかもしれない。

おこがましいかもしれないけど、そう思《おも》ったんだ。

「どんなことでも、場数《ばかず》をふめば、そのうち慣《な》れてくると思《おも》うの。だから、わたしと一緒《いっしょ》に、人《ひと》と関《かか》わる練習《れんしゅう》をしてみないかなって」

白根《しらね》さんは、なんとなく不安《ふあん》げな表情《ひょうじょう》だ。

「人《ひと》と、関《かか》わる、練習《れんしゅう》……」

「うん！　わたし、精一杯《せいいっぱい》フォローするから。白根《しらね》さんが、みんなの輪《わ》の中《なか》に入《はい》れるように」

わたしが力《ちから》を込《こ》めてそう言《い》うと、白根《しらね》さんは、じっとこちらを見《み》つめた。そして、

「兎田《とだ》さん、よろしくお願《ねが》いします」

そう言《い》って、深々《ふかぶか》と、頭《あたま》をさげてくれたんだ。

5 新入部員《しんにゅうぶいん》

「よし。そうと決《き》まれば、メイド服《ふく》が必要《ひつよう》だな」

わたしたちの話《はなし》が終《お》わるやいなや、西大路《にしおおじ》くんが、パンッと手《て》を打《う》った。

「白根《しらね》が着《き》られそうなサイズはあったかな。ちょっと待《ま》ってろ」

そう言《い》いながら席《せき》を立《た》ち、カウンターのほうに歩《ある》いていく。

……って、ん、ん、ん？

「待《ま》ってください西大路《にしおおじ》くんっ……！　なんで白根《しらね》さんにメイド服《ふく》が必要《ひつよう》なんですか!?」

今《いま》の話《はなし》の流《なが》れで、この結論《けつろん》はおかしいよね？

わたしはそう思《おも》ったんだけど、

「あー？　だって、人《ひと》と関《かか》わる練習《れんしゅう》がしたいんだろ？　だったら、接客《せっきゃく》が一番《いちばん》じゃないか」

西大路《にしおおじ》くんの言葉《ことば》に、なるほど、と思《おも》ってしまった。

「お、あったあった」

クリーニング店《てん》のビニールに包《つつ》まれたメイド服《ふく》を持《も》ち上《あ》げる。

「白根《しらね》、これ、一回着《いっかいき》てみろよ」

「……兎田《とだ》さん……？」

白根《しらね》さんは、とまどった様子《ようす》で、わたしのほうを見《み》た。

そこで、わたしはハッと我《われ》に返《かえ》る。

「あ、えっと！　白根《しらね》さん、いやだったら無理《むり》して着《き》ることないからねっ。人《ひと》と関《かか》わる練習《れんしゅう》に、メイド服《ふく》を着《き》る必要《ひつよう》は全然《ぜんぜん》ないし！」

西大路《にしおおじ》くんは、もっともらしいことを言《い》ってるけど、たぶん白根《しらね》さんを単《たん》なる労働力《ろうどうりょく》にしようとしてるだけなんだから！

「兎田《とだ》！　よけいなこと言《い》ってんなよ！」

西大路《にしおおじ》くんは、ライオンがほえるような迫力《はくりょく》で言《い》ったあと、急《きゅう》に猫《ねこ》なで声《ごえ》になった。

「白根《しらね》え〜、うちの部《ぶ》に入《はい》れば、おれや兎田《とだ》と楽《たの》しいビジネスライクな人間関係《にんげんかんけい》が築《きず》けるうえ、これを着《き》ると、兎田《とだ》と『おそろい』になれるんだぜ」

すると白根《しらね》さんは、すっくと立《た》ち上《あ》がった。

「着《き》ます。ください。兎田《とだ》さんとおそろいの服《ふく》」

「ほいよ。そっちの奥《おく》に事務所《じむしょ》があるから、着替《きが》えてこいよ」

「わかりました」

「白根《しらね》さんっ、本当《ほんとう》にいいの？　白根《しらね》さーん！」

ここ、かなりのブラック部活《ぶかつ》だよーっ！

けれど、白根《しらね》さんはメイド服《ふく》を持《も》って、奥《おく》へと消《き》えてしまった。

「だいじょうぶかな……」

はらはらしているわたしに、西大路《にしおおじ》くんがためいきをつく。

「おまえな、白根《しらね》の母親《ははおや》になったわけでもないんだから、あんまり過保護《かほご》にしてんなよ」

「そんなつもりはないですけど……」

「どんなことも経験《けいけん》だよ、経験《けいけん》。それに、白根《しらね》がやりたがっていることを、おまえが反対《はんたい》するのはおかしいだろ？」

「うっ……」

たしかに、西大路《にしおおじ》くんの言《い》うことはもっともだ。

白根《しらね》さんの経験《けいけん》の芽《め》をつむ資格《しかく》なんて、わたしにはない。

そこに、メイド服《ふく》に着替《きが》えた白根《しらね》さんが戻《もど》ってきた。

「着替《きが》えました」

「わぁ……」

もともときれいな顔立《かおだ》ちの白根《しらね》さんに、クラシックなメイド服《ふく》はよく似合《にあ》っている。

「おっ。見《み》た感《かん》じ、サイズはだいじょうぶそうだな」

「はい」

「よし。じゃあ次《つぎ》はこれにサインしろ」

西大路《にしおおじ》くんはサッと、バインダーにはさまれた紙《かみ》とペンをさし出《だ》した。

わあ、すごく見《み》おぼえのある紙《かみ》……って、これ入部届《にゅうぶとどけ》だよね!?

「待《ま》って！　白根《しらね》さん、もうちょっとよく考《かんが》えてから――」

止《と》めようとしたときには遅《おそ》かった。

「書《か》けました」

「よーし！　これで、おまえもうちの部《ぶ》の一員《いちいん》だ！　よかったな！」

西大路《にしおおじ》くんがそう言《い》うと、白根《しらね》さんは、目《め》をぱちぱちさせた。

「部《ぶ》の一員《いちいん》……。でしたら、わたしも、言《い》いたいことを言《い》ってもいいですか？」

「おう、なんだ？　言《い》いたいことって」

「部《ぶ》の一員《いちいん》として、ぜひとも、言《い》っておきたいことがあるのです」

「なんだかわからんが、いいぜ？　なんでも言《い》えよ。言《い》うだけはタダだからな」

「では、さっそく」

白根《しらね》さんは、こほんと咳払《せきばら》いをした。

「さっき淹《い》れてくださったハーブティー、くそまずかったです」

この言葉《ことば》に、西大路《にしおおじ》くんが、ぴきっと凍《こお》りついた。

「なん、だって……？」

「聞《き》こえませんでした？　『くそまずかった』です」

白根《しらね》さんは、再度《さいど》、きっぱりとした口調《くちょう》で告《つ》げる。

これには、西大路《にしおおじ》くんだけでなく、わたしまでもが、かたまってしまう。

し、ししし、白根《しらね》、さん……!?

「ハーブティーと言《い》っておきながら、ハーブの味《あじ》なんかほとんど感《かん》じられなくて、もはや、ただの色《いろ》のついたお湯《ゆ》、という感《かん》じでしたね。それなのに、なんとなく不快《ふかい》なえぐみが舌《した》に残《のこ》る……。はっきり言《い》って、あれは、お金《かね》を取《と》っていいレベルのものではないです」

「こいつ……！」

西大路《にしおおじ》くんの顔《かお》が、怒《いか》りで真《ま》っ赤《か》に染《そ》まった。

「わ、わーっ！　西大路《にしおおじ》くんっ！」

今《いま》にも白根《しらね》さんに飛《と》びかかっていきそうな西大路《にしおおじ》くんを、わたしは必死《ひっし》に止《と》める。

「白根《しらね》さんはたぶん、悪気《わるぎ》なく言《い》ってますから！」

「悪気《わるぎ》がなけりゃ、なに言《い》ってもいいってのかよおぉっ！」

「そうじゃないですけど、でも、こらえてください〜！」

もめるわたしたちを見《み》て、白根《しらね》さんがわずかに首《くび》をかしげた。

「あの、もしかして、わたし、なにかまずいことを言《い》いましたか？」

疑問形《ぎもんけい》ではあるものの、あきらかに納得《なっとく》できていない口振《くちぶ》りで、白根《しらね》さんが続《つづ》ける。

「せっかくこの部《ぶ》の一員《いちいん》になったからには、まず、一番《いちばん》に改善《かいぜん》すべき点《てん》を進言《しんげん》したつもりなんですが……。だって、『喫茶部《きっさぶ》の部長《ぶちょう》』のくせに、あんなまずいお茶《ちゃ》をドヤ顔《がお》で淹《い》れているなんて、ほかの人《ひと》に知《し》られたらはずかしいじゃないですか？　わたしも部員《ぶいん》としてはずかしいですし。あ、こういうの、なんていうかご存《ぞん》じですか？　『共感性羞恥《きょうかんせいしゅうち》』と言《い》うらしいですよ」

「ふぐうっ」

西大路《にしおおじ》くんは、両手《りょうて》で胸《むね》を押《お》さえた。

「それに、さきほど兎田《とだ》さんが言《い》っていましたが、わたしのなやみに対《たい》する回答《かいとう》。あれについても、的外《まとはず》れだと思《おも》いました。正直《しょうじき》、わたしの望《のぞ》む解決方法《かいけつほうほう》とはほど遠《とお》かったので、きちんと話《はなし》を聞《き》いてくれていたのかと、うたがってしまいましたね。西大路《にしおおじ》くんは、人《ひと》のなやみ相談《そうだん》を受《う》けるのにあまり向《む》いていないかもしれません」

「ぐあああっ……！」

容赦《ようしゃ》のかけらもない白根《しらね》さんの言葉《ことば》に、西大路《にしおおじ》くんはとうとう頭《あたま》を抱《かか》えてしゃがみ込《こ》んでしまった。

無理《むり》もない。わたしも、自分《じぶん》が言《い》われたわけじゃないのに、なんだか涙《なみだ》が出《で》そうだ。

「あっ、あのね、白根《しらね》さんっ。ちょっとこっちに来《き》てくれる？　じつは、だれかにマイナスなこと……って、言《い》ってもむずかしいかな。とにかく、今《いま》みたいなことを伝《つた》えるときにはね、『言葉《ことば》をオブラートに包《つつ》む』っていう方法《ほうほう》があるんだ！」

わたしは、白根《しらね》さんの手《て》を引《ひ》っ張《ぱ》ってその場《ば》から離《はな》れ、カウンターの裏側《うらがわ》で、「人《ひと》にマイナスなことを伝《つた》えるときのテクニック」を、レクチャーするのだった。

そんなやり取《と》りがあった、翌日《よくじつ》の朝《あさ》。

教室《きょうしつ》に入《はい》ると、わたしはまっすぐに、白根《しらね》さんの席《せき》に向《む》かった。

「白根《しらね》さん、おはよう！」

「兎田《とだ》さん、おはようございます」

わたしのあいさつに、白根《しらね》さんが返事《へんじ》をくれたのを見《み》て、周囲《しゅうい》にいたクラスメイトたちが、大《おお》きくどよめいた。

「し、白根《しらね》さんが……！」

「あいさつを返《かえ》した……ていうか、しゃべった！」

うん、わかる。びっくりだよね。

かくいうわたしも、昨日《きのう》は本当《ほんとう》におどろいたんだから。

そう思《おも》いながらも、わたしはなるべくまわりの反応《はんのう》を気《き》にしないようにして、白根《しらね》さんと会話《かいわ》を続《つづ》ける。

「今日《きょう》の放課後《ほうかご》も、部活来《ぶかつこ》られそう？」

「はい。わたしは塾《じゅく》も習《なら》い事《ごと》もしていませんし、放課後《ほうかご》をともにすごせるような友人《ゆうじん》もいませんので。今日《きょう》も、明日《あす》も、明後日《あさって》も、毎日《まいにち》でも部活《ぶかつ》に出《で》られます」

「そっ……そっかぁ～。それは、たのもしいなー」

そんな会話《かいわ》を聞《き》いた周囲《しゅうい》が、「白根《しらね》が部活《ぶかつ》!?」「どうやら、兎田《とだ》と同《おな》じ部《ぶ》らしいぞ」「え、兎田《とだ》さんって、何部《なにぶ》だっけ!?」と、ひそひそ話《はな》す声《こえ》が聞《き》こえる。

……うーん、これはさすがに、ちょっとやりづらいなぁ。

だけど、わたしがこうして白根《しらね》さんと話《はな》す姿《すがた》を見《み》せることは大事《だいじ》だ。

そうすれば、白根《しらね》さんは人《ひと》と関《かか》わりたくないわけではない、と、わかってもらえて、クラスのみんなが話《はな》しかけてくれるようになるかもしれないもんね。

そう思《おも》いながら、わたしはみんなが知《し》りたいであろう情報《じょうほう》を、あえて、会話《かいわ》にまぜる。

「じゃあ、放課後《ほうかご》になったら、一緒《いっしょ》に、中庭《なかにわ》の、第三校舎《だいさんこうしゃ》の近《ちか》くにある温室《おんしつ》に行《い》こうね」

「はい」

わたしが白根《しらね》さんの席《せき》を離《はな》れると同時《どうじ》に、「第三校舎《だいさんこうしゃ》の近《ちか》くに温室《おんしつ》なんてあったっけ?」「温室《おんしつ》ってことは、園芸部《えんげいぶ》?」「でも、園芸部《えんげいぶ》ってたしか廃部《はいぶ》になったんじゃ……」というひそひそ声《ごえ》が聞《き》こえた。

よしよし。あとは、各自《かくじ》で勝手《かって》に情報《じょうほう》を集《あつ》めて、広《ひろ》めてくれるでしょう。

そして、あわよくば、喫茶部《きっさぶ》に来《き》てくれるとうれしいな。

そう。わたしがこうして、喫茶部《きっさぶ》の存在《そんざい》をちらつかせたのには理由《りゆう》がある。

白根《しらね》さんが人《ひと》と関《かか》わる練習《れんしゅう》をするためには、お客《きゃく》さんが来《き》てくれないといけないからだ。

そして、できれば最初《さいしょ》は、ある程度《ていど》白根《しらね》さんの存在《そんざい》を認識《にんしき》している……そう、クラスメイトなどの、半身内《はんみうち》だとありがたいと思《おも》ったんだ。

だって、いきなり見《み》ず知《し》らずの上級生《じょうきゅうせい》とかの相手《あいて》をするのは、さすがにハードルが高《たか》いと思《おも》うんだよね……。

そんなことを考《かんが》えながら自分《じぶん》の席《せき》に戻《もど》ると、ふと、視線《しせん》を感《かん》じた。

顔《かお》を上《あ》げてみると、視線《しせん》の主《ぬし》は──早弓《さゆみ》ちゃんと空乃《あきの》ちゃんだった。

早弓《さゆみ》ちゃんは、おどろいたような、わたしになにか言《い》いたげな、複雑《ふくざつ》な表情《ひょうじょう》をしている。

一方《いっぽう》の、空乃《あきの》ちゃんは……。

「ねえ、見《み》た？　こはるってば、うちらと話《はな》せないからって、まさかの白根《しらね》ふゆに声掛《こえか》けてんの。ウケるくなーい？」

なんて言《い》いながら、くすくす笑《わら》っている。

……まさかの、白根《しらね》ふゆ？

なにそれ。そんな言《い》い方《かた》、白根《しらね》さんに失礼《しつれい》だよ……！

空乃《あきの》ちゃんに、文句《もんく》を言《い》いにいきたい――と思《おも》ったけれど、わたしはぐっとこらえる。

だって、そんなやり取《と》りを、まちがっても白根《しらね》さんには聞《き》かせたくない。

わたしは歯《は》を食《く》いしばって、なにも聞《き》こえなかったふりをしたのだった。


教室《きょうしつ》での宣伝効果《せんでんこうか》はバッチリだったようで、放課後《ほうかご》になると、クラスメイトたちが数人《すうにん》、温室《おんしつ》まで様子《ようす》を見《み》にやってきた。


「――あっ、いるいる!」

「ねえ、白根《しらね》さん、メイド服着《ふくき》てない!?」

「そこの看板《かんばん》に、『喫茶部《きっさぶ》』って書《か》いてあるよ。うちの学園《がくえん》に、こんな部《ぶ》あったっけ?」

「『ご相談《そうだん》のある方歓迎《かたかんげい》します』って、どういう意味《いみ》だろ」

でも、みんな外《そと》からながめているだけで、入《はい》ってこようとはしない。

うーん……。看板《かんばん》が裏目《うらめ》に出《で》ちゃったかもなぁ。

わたしはカウンターの裏《うら》で、どんよりと体育座《たいいくずわ》りしている西大路《にしおおじ》くん（どうやら、昨日《きのう》の白根《しらね》さんの発言《はつげん》で、すっかりいじけてしまったらしい）に、声《こえ》を掛《か》ける。

「あの、うちのクラスの人《ひと》たちが来《き》てるみたいなんですけど、中《なか》に案内《あんない》してもいいですか？」

「……今《いま》は、給仕《きゅうじ》をする気分《きぶん》じゃない……」

「だいじょうぶです。わたしと白根《しらね》さんで相手《あいて》をするので。あ、練習《れんしゅう》なので、料金《りょうきん》は取《と》らないですよ。いいですよね」

「……いいわけ、ないだろ……」

最後《さいご》の声《こえ》は聞《き》こえなかったふりをして、そのままドアへ向《む》かう。


――チリリン♪


わたしはそっとドアを開《あ》けて、顔《かお》を出《だ》した。

「あっ、小陽《こはる》ちゃん！」

「兎田《とだ》さんもメイド服《ふく》だぁ。かわいい！」

グループはちがうけど、何度《なんど》か話《はな》したことのある女《おんな》の子《こ》たちが、わっと寄《よ》ってくる。

「ねえ、この喫茶部《きっさぶ》ってなに？　部活《ぶかつ》でメイド喫茶《きっさ》をやってるの？」

「メイド喫茶《きっさ》ってわけではないんだけどね。まあ、似《に》たようなもの、かなぁ」

「へーっ。ねえ、白根《しらね》さんもいるんだよね？」

「うん、いるよ。じつは今《いま》、白根《しらね》さんのお給仕《きゅうじ》の練習中《れんしゅうちゅう》なんだけど、だれかお客《きゃく》さん役《やく》やってくれないかな」

わたしが小声《こごえ》でたのむと、みんな顔《かお》を好奇心《こうきしん》でかがやかせた。

「やるやる！　お客《きゃく》さん役《やく》！」

「白根《しらね》さんがお茶《ちゃ》を淹《い》れてくれるとか、そんなレア体験《たいけん》、逃《のが》すわけないっしょ！」

「ありがとう〜。じゃあ、中《なか》にどうぞ」

お客《きゃく》さん役《やく》を希望《きぼう》した人《ひと》たちは大勢《おおぜい》いたけれど、カフェテーブルの数《かず》にはかぎりがある。白根《しらね》さんが緊張《きんちょう》しないようにするためにも、数人《すうにん》ずつ中《なか》に入《はい》ってくれるようにたのんだ。

「お邪魔《じゃま》しまーす……」

「いらっしゃいませ〜。さ、白根《しらね》さんも、お客様《きゃくさま》にあいさつをしてね」

「……いらっしゃいませ、お客様《きゃくさま》」

白根《しらね》さんがぺこりと頭《あたま》をさげると、お客《きゃく》さん役《やく》のクラスメイトが「おお～っ」と声《こえ》をあげた。

「すごい。感動《かんどう》！　白根《しらね》さんから、あいさつされた……」

「白根《しらね》さん、メイド服似合《ふくにあ》うね。本物《ほんもの》のお人形《にんぎょう》さんみたい！」

大勢《おおぜい》にいっせいに褒《ほ》められて、白根《しらね》さんはどう返《かえ》していいか、わからなかったようだ。

救《すく》いを求《もと》めるようにわたしを見《み》たので、苦笑《くしょう》してしまった。

「とりあえず、お席《せき》にご案内《あんない》しよっか」

白根《しらね》さんは、こくっとうなずいた。

「こちらへどうぞ」

「はーい」


――それから、小一時間《こいちじかん》たっただろうか。

白根《しらね》さんとわたしは、慣《な》れない作業《さぎょう》に時折手間《ときおりてま》取りつつも、接客《せっきゃく》をこなしていった。

ハーブティーもね、わたしが図書館《としょかん》で借《か》りてきた本《ほん》を見《み》ながらだけど、なんとか見《み》よう見《み》まねで、カモミールティーや、ペパーミントティーを淹《い》れることができたんだよ。

そこで気《き》づいたことなんだけど、たぶん、西大路《にしおおじ》くんが淹《い》れてくれたハーブティーは、お湯《ゆ》の温度《おんど》が低《ひく》すぎたのと、蒸《む》らす時間《じかん》が足《た》りなかったんじゃないかなって。

わたしは、カウンターのそばに行《い》くときなんかに、さりげなく本《ほん》を広《ひろ》げて「へえ～、ハーブによって、適正《てきせい》なお湯《ゆ》の温度《おんど》や蒸《む》らす時間《じかん》がちがうんだぁ」なんて、つぶやいてみたんだけど……西大路《にしおおじ》くんに聞《き》こえていたかどうかは、定《さだ》かじゃない。


「ありがとう、白根《しらね》さん。ハーブティー美味《おい》しかったよ」

「また来《く》るね！」

手《て》を振《ふ》って出《で》ていくクラスメイトに、白根《しらね》さんは笑顔《えがお》で……とはいかないものの、頭《あたま》をさげて見送《みおく》る。

「ありがとうございました」

「ありがとうございました～」

わたしも頭《あたま》をさげて見送《みおく》ったあと、くるりと白根《しらね》さんのほうを向《む》く。

「……白根《しらね》さん、おつかれ様《さま》！　接客《せっきゃく》、上手《うま》くできてたね！」

すると白根《しらね》さんが、ホッとしたように息《いき》を吐《は》いた。

「そうでしょうか。まだ、兎田《とだ》さんのように、スムーズにとはいきませんが」

「そんなことないよ。十分《じゅうぶん》、スムーズにできてたよ！」

「そう、だったら……うれしいです」

そのとき、白根《しらね》さんの口元《くちもと》が、わずかにほころんだ。

「わっ……」

笑《わら》った……!?

けれど、そう思《おも》った次《つぎ》の瞬間《しゅんかん》には、また、すんとした表情《ひょうじょう》に戻《もど》ってしまう。

「あぁ〜！」

笑顔《えがお》、かわいかったのにな。

「兎田《とだ》さん……？　どうしました？」

きょとんとする白根《しらね》さんに、わたしは首《くび》を振《ふ》った。

「ううん、なんでもないよ。でも、練習《れんしゅう》たくさんできて本当《ほんとう》によかったね。今日《きょう》はもう、お客《きゃく》さんは来《こ》ないと思《おも》うけど、また明日《あした》からもがんばろうね！」

「はい、そうですね」

そのとき、チリリン♪　と、ドアベルが鳴《な》った。

「あれっ。さっきのお客《きゃく》さん、忘《わす》れ物《もの》でもしたのかな？」

そう、ドアのほうに視線《しせん》を向《む》けると——

「うわ、なんだここー」

「なんで古《ふる》い温室《おんしつ》に一年《いちねん》どもが出入《でい》りしてんだろうって思《おも》ったら、カフェになってんじゃーん」

二年生《にねんせい》か、三年生《さんねんせい》か。

見《み》たことのない上級生《じょうきゅうせい》っぽい男《おとこ》の子《こ》がふたり、中《なか》に入《はい》ってきたんだ。

6 難易度《なんいど》高《たか》めのお客様《きゃくさま》

なんだろう、なんだかちょっと、不穏《ふおん》な空気《くうき》……。

なんとなくいやな予感《よかん》をおぼえて、わたしは白根《しらね》さんに小声《こごえ》で耳打《みみう》ちする。

「あの人《ひと》たちは、わたしが相手《あいて》をするね。白根《しらね》さんはここにいて」

「ねー、勝手《かって》に座《すわ》っていーの？」

男《おとこ》の子《こ》のひとりが大《おお》きな声《こえ》で言《い》った。

「あっ、はーい！　どうぞ、お好《す》きな席《せき》にお掛《か》けください」

わたしは、小走《こばし》りでふたりのいるテーブルに向《む》かった。

「うわっ。メイドさんじゃん！　なに、一年生《いちねんせい》？」

「あ、はい。一年《いちねん》です」

「いいねー、初々《ういうい》しいねぇ。で、ここ、なんなの？　喫茶部《きっさぶ》って書《か》いてあったけど、コーヒーとか飲《の》めんの？」

「すみません。コーヒーはちょっと……。でも、ハーブティーなら、いろいろとご用意《ようい》できますよ」

「えー！　ふつう喫茶《きっさ》って言《い》ったらコーヒーだろ？　気《き》が利《き》かねえなァ～」

辺《あた》りに響《ひび》くような大声《おおごえ》をあげた男《おとこ》の子《こ》に、わたしは一瞬《いっしゅん》、モヤッとしたものを感《かん》じつつも、すぐに気持《きも》ちを立《た》て直《なお》す。

たしかに、喫茶部《きっさぶ》なのに、ハーブティーしかないっていうのも問題《もんだい》かもしれない。ハーブが苦手《にがて》な人《ひと》もいるだろうし……。

西大路《にしおおじ》くんに掛《か》け合《あ》って、コーヒーや紅茶《こうちゃ》も用意《ようい》してもらうか、「ハーブティーのみのご提供《ていきょう》です」って、看板《かんばん》に書《か》いておくかしないとな……。

そう思《おも》いながら、わたしは頭《あたま》をさげた。

「申《もう》し訳《わけ》ありません。もし、ハーブがあまり得意《とくい》じゃないようでしたら――」

「コーヒーなら、購買《こうばい》に行《い》けば買《か》えますよ」

そのとき、後《うし》ろから白根《しらね》さんの声《こえ》がした。

「それと、たしか校舎内《こうしゃない》の自動販売機《じどうはんばいき》にも売《う》っていたと思《おも》います。そっちに行《い》ったらどうですか？」

「白根《しらね》さん！」

わたしはぎょっとして、白根《しらね》さんに駆《か》け寄《よ》り、うでをつかむ。

けれど、白根《しらね》さんは小首《こくび》をかしげただけだ。

「この方《かた》たち、上級生《じょうきゅうせい》のくせに購買《こうばい》や自動販売機《じどうはんばいき》の存在《そんざい》を知《し》らないようだったので。教《おし》えてさしあげただけなんですが、なにかまずかったですか」

「えっと、まずい……わけじゃないんだけどね。先輩《せんぱい》だし、自動販売機《じどうはんばいき》の存在《そんざい》はさすがに知《し》ってると思《おも》うんだ」

「え？　そうなんですか？」

白根《しらね》さんは、びっくりしたみたいだ。わずかに眉《まゆ》が上《あ》がる。

「うん。だから今《いま》の言《い》い方《かた》だと、遠回《とおまわ》しに『出《で》ていけ』って言《い》ってるみたいに聞《き》こえちゃう、かなって」

「そんなつもりは……。わたしは純粋《じゅんすい》に、善意《ぜんい》でお伝《つた》えしたつもりでした」

「だよね。うん。……というわけです。先輩方《せんぱいがた》」

わたしが苦笑《くしょう》しながら言《い》うと、男《おとこ》の子《こ》たちは、ゆっくり顔《かお》を見合《みあ》わせた。

それから、聞《き》こえよがしに大《おお》きなためいきをつく。

「……いいよ。今日《きょう》は、ハーブティーで」

そう言《い》ってもらえて、わたしはホッとした。

「そうですか？　ありがとうございます！　では、ハーブティーが苦手《にがて》な方《かた》にも、比較的《ひかくてき》飲《の》みやすいものをご用意《ようい》しますね」

よかった。なんとか、上手《うま》く乗《の》り切《き》れた……！

わたしは、そう、胸《むね》をなでおろしたのだった。

——でも、どうやら、わたしの考《かんが》えは少々《しょうしょう》甘《あま》かったらしい。


「ねえ、あんたさ、なんでそんな、無表情《むひょうじょう》なの？」

「動《うご》きもなんか変《へん》だし、本当《ほんとう》に生《い》きてる人間《にんげん》？　背中《せなか》に乾電池《かんでんち》とか入《はい》ってんじゃないの？」

ハーブティーを出《だ》してからしばらくすると、男《おとこ》の子《こ》たちは、白根《しらね》さんにからみはじめたんだ。

白根《しらね》さんは、近《ちか》くのテーブルを拭《ふ》いていた手《て》を止《と》めて、男《おとこ》の子《こ》たちのほうを見《み》る。

「生《い》きてます」

「うわっ。真顔《まがお》で『生《い》きてます』だって。やっべー！」

「冗談《じょうだん》も通《つう》じないのかよ～」

男《おとこ》の子《こ》たちは、バカにするように、けたたましい笑《わら》い声《ごえ》をあげた。

「あんたさ、よく『空気読《くうきよ》めない』って言《い》われるだろ」

「………」

だまってしまった白根《しらね》さんに、わたしはあわてて駆《か》け寄《よ》る。

「白根《しらね》さんっ、そこのテーブルはもういいから、裏《うら》で洗《あら》い物《もの》してもらっていい？」

「洗《あら》い物《もの》は、さっき終《お》わりましたけど」

この場《ば》から逃《に》がしてあげようと思《おも》ったのだけれど、どうやら、上手《うま》く伝《つた》わらなかったらしい。

「あ、そ、っか……」

とまどうわたしを見《み》て、男《おとこ》の子《こ》たちが、再《ふたた》び笑《わら》い声《ごえ》をあげた。

「この子《こ》がせっかく助《たす》けてくれようとしたのに、本人《ほんにん》に伝《つた》わってねー！」

「こういう、他人《たにん》の気持《きも》ちがわからないやつっているよなぁ。人間《にんげん》として、必要《ひつよう》ななにかが欠《か》けてるんじゃねーの」

そこで、白根《しらね》さんは、ハッとしたようにわたしを見《み》た。

男《おとこ》の子《こ》たちの言葉《ことば》で、ようやくわたしの意図《いと》に気《き》づいたらしい。

「兎田《とだ》さん、すみません。わたし……」

「ううん。いいよ。白根《しらね》さん、カウンターのところに西大路《にしおおじ》くんがいるから、ふたりで休憩《きゅうけい》がてら、お茶《ちゃ》でも飲《の》んでて」

「はい……」

白根《しらね》さんがカウンターのほうに歩《ある》きだすと、男《おとこ》の子《こ》のひとりが声《こえ》をあげた。

「おいおい、なに勝手《かって》にいなくなろうとしてんだよ。まだ、話《はなし》の途中《とちゅう》だろ?」

「マジ、それな。ったく、おまえみたいなやつって、社会《しゃかい》に出《で》たらお荷物確定《にもつかくてい》だよ」

「だよな~。てか、お荷物《にもつ》な人生《じんせい》とか生《い》きる価値《かち》なくね? おれなら耐《た》えらんねーわ」

「ちょっ……と、そういう言《い》い方《かた》はどうなんですか、ね……!?」

いくらなんでも、言葉《ことば》がひどい!

わたしは、男《おとこ》の子《こ》たちに注意《ちゅうい》……と、まではいかないものの、やんわりと苦言《くげん》を呈《てい》する。

「は? おれら、なんもまちがったこと言《い》ってねーと思《おも》うけど。だいたい最初《さいしょ》にケンカ売《う》ってきたのはこいつだし。上級生《じょうきゅうせい》の『くせに』とか、購買《こうばい》だとか自動販売機《じどうはんばいき》だとか、客《きゃく》に言《い》うことかよ」

「それな。そんなつもりで言《い》ってなかろうが、こっちは傷《きず》ついたんだよ!」

もともとは自分《じぶん》たちが被害者《ひがいしゃ》だとばかりに返《かえ》されて、うぐっとなった。

「っ……。それについては、申《もう》し訳《わけ》ありませんでした」

「ほんとだよ」

「でもっ、さっきの言葉《ことば》は——」

「てか、おまえじゃなくてそいつに直接《ちょくせつ》あやまらせろよ。なあ、あやまれよ!」

男《おとこ》の子《こ》たちはわたしの言葉《ことば》をさえぎって、白根《しらね》さんにかみつくように言《い》った。

「…………」

けれど、白根《しらね》さんはだまりこくっている。

というか、顔色《かおいろ》が真《ま》っ青《さお》だ。表情《ひょうじょう》からはよくわからないけれど、男《おとこ》の子《こ》たちの発言《はつげん》にかなりショックを受《う》けているのかもしれない。

「あやまれって言《い》ってんのに、聞《き》こえないのかよ。このポンコツ！」

「ちょっ……、ですから、そういう言《い》い方《かた》はやめてくださいっ。白根《しらね》さんのかわりに、わたしがいくらでもあやまりますから！」

「はあ？　うっぜえな！　てか、あんただって本当《ほんとう》は思《おも》ってんだろ？　こいつには人間《にんげん》として致《ち》命的《めいてき》な欠陥《けっかん》があるって」

言《い》われた瞬間《しゅんかん》、カッと、頬《ほお》が熱《あつ》くなった。

「わっ、わたしは、そんなこと思《おも》ってません！」

「はっ。善人面《ぜんにんづら》はやめろよ」

「こういう『わたしは理解者《りかいしゃ》です〜』みたいな偽善者《ぎぜんしゃ》のほうが、心《こころ》の中《なか》ではこういうやつを下《した》に見《み》てんだよな」

「そ、そんなこと……！」

ちがう。絶対《ぜったい》にない！

頭《あたま》の中《なか》ではさけんでいるのに、体《からだ》が、のどがふるえて声《こえ》にならない。

わたしは、ぐっと、こぶしをにぎった。

「わ……わたしのことは、どう思《おも》われてもいいです。でも、さっきの白根《しらね》さんへの発言《はつげん》は撤回《てっかい》してくださいっ……、あれは、言葉《ことば》の、暴力《ぼうりょく》ですよっ……！」

しぼり出《だ》すようにして言《い》うと、男《おとこ》の子《こ》たちは顔《かお》を見合《みあ》わせた。

「言葉《ことば》の暴力《ぼうりょく》だってさ」

「慰謝料《いしゃりょう》でも払《はら》えってか？」

「いいよ。だったら払《はら》ってやるよ」

男《おとこ》の子《こ》のひとりが、ポケットから財布《さいふ》を出《だ》し、中《なか》から一万円札《いちまんえんさつ》を抜《ぬ》き出《だ》す。

「ほら！」

投《な》げつけるように放《ほう》られた一万円札《いちまんえんさつ》は、ひらひらと宙《ちゅう》を舞《ま》った。

わたしも、白根《しらね》さんも、まるでスローモーションの映像《えいぞう》を見《み》ているように、お札《さつ》がゆっくりとテーブルに落《お》ちるのを見《み》つめる。

「これで文句《もんく》ないだろ。それとも、この金額《きんがく》じゃ足《た》りないってか？　だったら、いくらほしいんだよ。言《い》ってみろよ」

「――こんなお金《かね》っ……」

いりません！　帰《かえ》ってください！

そう言《い》おうとしたときだ。横《よこ》から、スッと人《ひと》の手《て》がのびてきて、一万円札《いちまんえんさつ》をつかんだ。

おどろいて横《よこ》を見《み》ると、そこには西大路《にしおおじ》くんの姿《すがた》があった。

「西大路《にしおおじ》くんっ……！」

ま、まずい！　西大路《にしおおじ》くんだったら、よろこんでこのお金《かね》、受《う》け取《と》っちゃうかも!?

そう思《おも》ったのだけれど……。

「バカにすんなよ。こんな金《かね》いるか！」

西大路《にしおおじ》くんは、つかんだ一万円札《いちまんえんさつ》を、男《おとこ》の子《こ》たちに投《な》げつけ返《かえ》した。

「さっきから聞《き》いてりゃ、くだんねぇことでネチネチ、ネチネチ。社会《しゃかい》に出《で》たらお荷物《にもつ》？　まだ自分《じぶん》だって社会《しゃかい》に出《で》てないくせに、なに知《し》ったふうなこと言《い》ってんだ？　その金《かね》だって、自分《じぶん》で稼《かせ》いだわけじゃないだろうが」

西大路《にしおおじ》くんの言葉《ことば》に、男《おとこ》の子《こ》たちが目《め》を見開《みひら》く。

「なっ……」

「それに、『生《い》きる価値《かち》』ってなんだ？　だれがそんなの決《き》めてんだ？　おまえか？　おまえは万物《ばんぶつ》の命《いのち》をつかさどってる系《けい》の神《かみ》サマか？」

そう言《い》いながら、西大路《にしおおじ》くんはテーブルに手《て》をついた。

「ちがうだろ？　だれも、だれかの価値《かち》なんか決《き》められないんだよ。植物《しょくぶつ》も、動物《どうぶつ》も、人間《にんげん》も、生《う》まれたからにはな、全員無条件《ぜんいんむじょうけん》で生《い》きていいんだ。だれかの許可《きょか》なんていらないんだよ」

すごむような笑《え》みを向《む》けられて、男《おとこ》の子《こ》たちは、ぐっと、なにかを飲《の》み込《こ》むような表情《ひょうじょう》をする。

「だいたい、白根《しらね》になにが欠《か》けてるって言《い》うんだ？　おい、兎田《とだ》」

そこで西大路《にしおおじ》くんは、とつぜんわたしのほうを見《み》た。

「おまえ、格闘技《かくとうぎ》とか興味《きょうみ》あるか？」

唐突《とうとつ》な問《と》いに、わたしはおどろき、首《くび》を振《ふ》る。

「えっ、わ、わたし？　いえ、そういうのは、あんまり……」

「だったら、なにに興味《きょうみ》あるんだ？」

「えっと……本《ほん》が、読書《どくしょ》が好《す》きなので、本《ほん》には興味《きょうみ》があります」

すると、西大路《にしおおじ》くんは次《つぎ》に、男《おとこ》の子《こ》のひとりを指《ゆび》さした。

「おまえは、本《ほん》に興味《きょうみ》あるか？」

指《ゆび》さされた男《おとこ》の子《こ》は、小《ちい》さく首《くび》を振《ふ》った。

「いや、あんまり……」

「ないんだな。じゃあ、兎田《とだ》もおまえも『なにかが欠《か》けてる』」

「は!?　なんでそうなるんだよ！」

男《おとこ》の子《こ》は声《こえ》を裏返《うらがえ》した。

でも、わたしも、声《こえ》に出《だ》さないまでも、男《おとこ》の子《こ》と同《おな》じ気持《きも》ちだった。

西大路《にしおおじ》くんは、いったいなにを言《い》ってるんだろう——？　そう思《おも》ってしまったから。

「わからないのか？　白根《しらね》は『他人《たにん》の感情《かんじょう》や、その場《ば》の空気《くうき》に』興味《きょうみ》がないだけなんだよ。格闘《かくとう》技《ぎ》に興味《きょうみ》がない兎田《とだ》や、本《ほん》に興味《きょうみ》のないおまえと、なにがちがう？」

そう言《い》われて、ようやくわたしはハッとした。

そうか、西大路《にしおおじ》くんがあのとき白根《しらね》さんに「お金《かね》があればいい」と言《い》った、本当《ほんとう》の理由《りゆう》は——。

「おまえらが、自分《じぶん》にはなにも欠《か》けてないって言《い》うなら、白根《しらね》だってどこも欠《か》けてない。そのままで、なんの問題《もんだい》もないっつってんだよ！」

——そのままの白根《しらね》さんを、認《みと》めていたからだ。

それにくらべて、わたし、は……。

「な……なんだよ」

「おい、もう行《い》こうぜ」

男の子《おとこ》たちは、そそくさと席《せき》を立《た》ち、逃《に》げるように温室《おんしつ》をあとにした。

その背中《せなか》をぼんやりと見送《みおく》りながら、白根《しらね》さんが、つぶやく。

「そのままのわたしで、問題《もんだい》ない……」

「ああ、そうだぞ。だから、おまえは自信《じしん》を持《も》って、そのまんまで生《い》きてろ！」

西大路《にしおおじ》くんの言葉《ことば》に、白根《しらね》さんは――笑《わら》った。

さっき一度《いちど》、ちらっと見《み》たようなかすかな笑顔《えがお》じゃない。

大輪《たいりん》の花《はな》がほころぶような、美《うつく》しい笑《え》みだ。

……ああ。

そんな白根《しらね》さんのもとへ、わたしはゆっくりと近《ちか》づいていく。

「……白根《しらね》さん、ごめんね」

白根《しらね》さんが人《ひと》の輪《わ》に入《はい》れるように……だなんて、なんて、おこがましい提案《ていあん》をしてしまったんだろう。

過去《かこ》の自分《じぶん》の言動《げんどう》を思《おも》い出《だ》すと、顔《かお》から火《ひ》が出《で》そうだ。

……ああ。はずかしいなぁ。

あのときのわたしは、白根《しらね》さんが「人《ひと》の輪《わ》に入《はい》れない」ことを、直《なお》すべき悪《わる》いことだって思《おも》っていたんだ。

わたしは……、あの上級生《じょうきゅうせい》たちの言《い》う通《とお》りの、偽善者《ぎぜんしゃ》だ。

「西大路《にしおおじ》くんの言《い》う通《とお》りだよ。白根《しらね》さんは、白根《しらね》さんのままでいいんだよね」

「兎田《とだ》さん」

白根《しらね》さんは、目《め》をぱちぱちさせた。

「ごめんね……」

深《ふか》く頭《あたま》をさげると、じわーっと、目元《めもと》が熱《あつ》くなってくる。

いけない、涙《なみだ》、出《だ》そう。

わたしが必死《ひっし》に涙《なみだ》をこらえていると、白根《しらね》さんが口《くち》を開《ひら》いた。

「すみません。あの……どうして、兎田《とだ》さんがあやまるのか、わたしにはわかりません」

——えっ。

思《おも》いがけない言葉《ことば》に、パッと顔《かお》を上《あ》げる。

と、白根《しらね》さんはわずかに眉《まゆ》を寄《よ》せて、本当《ほんとう》に、考《かんが》えてもわからないという顔《かお》をしていた。

「西大路《にしおおじ》くんも、兎田《とだ》さんも、そのままのわたしでいいと言《い》ってくれてうれしいです。なのに、どうして兎田《とだ》さんはあやまるんですか？　意味《いみ》がわかりません」

「あ、だから、わたしは……」

どうしよう。なんて言《い》えばいい？

白根《しらね》さんが気《き》づいていないなら、あえて言《い》わないほうがいいのかな。なんて、ずるい考《かんが》えが頭《あたま》をよぎるけれど……。

「えっとね、白根《しらね》さんのなやみを聞《き》いたとき、わたしは、白根《しらね》さんが人《ひと》と上手《うま》くつき合《あ》えるようにしたほうがいいって、思《おも》っちゃって……それで、いろいろ、白根《しらね》さんに押《お》しつけて――」

「ありがたかったです」

わたしが言《い》い終《お》わる前《まえ》に、白根《しらね》さんが言《い》った。

「兎田《とだ》さんが、わたしのために、いろいろ考《かんが》えてやってくれたり、わからないことを教《おし》えてくれたり、困《こま》ってると助《たす》けてくれたりするの、とてもうれしかったです」

白根《しらね》さんは、淡々《たんたん》と続《つづ》ける。

「今日《きょう》、あの上級生《じょうきゅうせい》の人《ひと》たちとは上手《うま》くいかなかったですけど、でも、クラスの人《ひと》たちとは、たくさん話《はな》すことができました。この学園《がくえん》に入《はい》ってから、初《はじ》めてです。兎田《とだ》さんのおかげです」

「──う」

それまで必死《ひっし》にこらえていたのに、だめだった。

わたしは、そこで、ぽろぽろ涙《なみだ》を流《なが》してしまう。

「し、白根《しらね》、さんっ」

「わたし、この部《ぶ》の活動《かつどう》も続《つづ》けたいと思《おも》っています。だから兎田《とだ》さんはこれからも、わたしにいろいろ教《おし》えてください」

「ううう〜っ……」

だめだ〜〜〜。

自分《じぶん》のふがいなさと、白根《しらね》さんの気持《きも》ちがうれしくって、涙《なみだ》が、止《と》まらないよ〜〜〜！

「はーあ。ったく」

それまでだまって会話《かいわ》を聞《き》いていた西大路《にしおおじ》くんが、ためいきをついて、カウンターのほうに歩《ある》いていく。

かと思《おも》えば、すぐに戻《もど》ってきた。

「ほら」

パサッと、頭《あたま》の上《うえ》にタオルが乗《の》せられる。

「に、西大路《にしおおじ》くん」

「涙《なみだ》はそれで拭《ふ》け。メイド服《ふく》で拭《ふ》くんじゃないぞ」

ぶっきらぼうな言《い》い方《かた》だったけど、声《こえ》に、かくし切《き》れないやさしさがにじんでいた。

「っ……」

なんだ。西大路《にしおおじ》くんって、悪《わる》ぶってるように見《み》えるけれど、本当《ほんとう》は——

「ありがと、西大路《にしおおじ》くん」

——だれよりも、やさしい人《ひと》、なのかもしれない。

「……あ？　勘《かん》ちがいすんなよ！　おれはただ、部《ぶ》の備品《びひん》が汚《よご》れるのがいやだと思《おも》っただけだからな！」

目《め》を見開《みひら》いてそう言《い》う西大路《にしおおじ》くんの耳《みみ》は、ほのかに赤《あか》く染《そ》まっていた。

7 見《み》えてきた、新《あたら》しい景色《けしき》

「ごちそうさまでした。あの、代金《だいきん》は……」

「いいえ、結構《けっこう》です。そのかわり、もしなやみごとができたら、ぜひ相談《そうだん》にいらしてくださいね」

放課後《ほうかご》に、ふらっと温室《おんしつ》をおとずれて、ハーブティーを飲《の》んでいった女《おんな》の子《こ》に、西大路《にしおおじ》くんはにっこりと笑《わら》ってみせた。

あれから、二週間《にしゅうかん》ほどがすぎた。

あの上級生《じょうきゅうせい》たちとのやり取《と》り以来《いらい》、西大路《にしおおじ》くんも思《おも》うところがあったらしい。相談《そうだん》のない生徒《せいと》に対《たい》してもていねいな対応《たいおう》をするようになったし、お金《かね》を取《と》ろうともしなくなった。

それに、ハーブティーの味《あじ》の評判《ひょうばん》も上々《じょうじょう》で（どうやら、わたしと白根《しらね》さんが本《ほん》で調《しら》べたりして試行錯誤《しこうさくご》しているのを見《み》たあと、西大路《にしおおじ》くんもひそかに本《ほん》や動画《どうが》などを見《み》て、淹《い》れ方《かた》を研究《けんきゅう》したらしい）、美《うつく》しい所作《しょさ》で給仕《きゅうじ》をしてくれる西大路《にしおおじ》くん目当《めあ》てにおとずれる子《こ》や、無表情接客《むひょうじょうせっきゃく》がおもしろいと、白根《しらね》さん目当《めあ》てでやってくる人《ひと》たちなどで、温室《おんしつ》は少《すこ》しずつにぎわいを見《み》せてきた。

「すみませーん。入《はい》ってもいいですか？」

「あ、はい！　いらっしゃいませ！　ご相談《そうだん》ですか？　それとも、喫茶《きっさ》ですか？」

「喫茶《きっさ》です。あ……でも、せっかくだし、ちょっと相談《そうだん》にも乗《の》ってもらおうかなぁ」

「かしこまりました。西大路《にしおおじ》くんー、ご相談《そうだん》のお客様《きゃくさま》ですー」

「すぐに行《い》く！　奥《おく》のお席《せき》にご案内《あんない》してくれっ」

「はーい」

ああ、いそがしいっ……。でも、楽《たの》しい……！

わたしはこんな喫茶部《きっさぶ》での活動《かつどう》が、一日《いちにち》のうちで、一番楽《いちばんたの》しいと思《おも》えるようになってきた。

最近《さいきん》では、朝《あさ》、起《お》きてすぐに、「はやく、放課後《ほうかご》にならないかな」と、思《おも》うくらいに。

あ、だけど教室《きょうしつ》での居心地《いごこち》もそんなに悪《わる》いわけじゃないよ。白根《しらね》さんと一緒《いっしょ》に、お客《きゃく》さん役《やく》をしてくれた子《こ》たちと会話《かいわ》するようになったしね。

もっとも、早弓《さゆみ》ちゃんと空乃《あきの》ちゃんからは、あいかわらず無視《むし》されている。

ただ、早弓《さゆみ》ちゃんのほうは、ちらちらとこちらを見《み》ていることが増《ふ》えた気《き》がするんだ。

それも、以前《いぜん》のようなとげとげしい雰囲気《ふんいき》はなく、なんとなく、わたしに話《はな》しかけたそうな顔《かお》をしているように見《み》える。でも空乃《あきの》ちゃんの手前《てまえ》、できないといった感《かん》じだ。

だけどもしかしたら、近《ちか》いうちにまた早弓《さゆみ》ちゃんとは話《はな》すことができるかもしれないなぁ。

そうすることができたらいいなぁ。なんて。

そんなふうに思《おも》っていたある日《ひ》——教室《きょうしつ》で、二度目《にどめ》の異変《いへん》がおきた。


「ねえ、さゆっ……」

「話《はな》しかけないで」

たまたま、トイレから教室《きょうしつ》に戻《もど》ってきたときに、早弓《さゆみ》ちゃんが、空乃《あきの》ちゃんに冷《つめ》たく言《い》い放《はな》つ様子《ようす》を目撃《もくげき》してしまった。

え……？　なに？　なにがあったんだろう？

おどろきとまどうわたしの前《まえ》で、三好《みよし》さんたち——夏休《なつやす》みの少《すこ》し前《まえ》まで空乃《あきの》ちゃんと一緒《いっしょ》にいたグループの子《こ》たちが、早弓《さゆみ》ちゃんを呼《よ》んだ。

「早弓《さゆみ》ちゃーん」

「今行《いまい》くー」

早弓《さゆみ》ちゃんは、ごく自然《しぜん》にそのグループの中《なか》に入《はい》っていった。

グループの子《こ》たちは、ちらちらと空乃《あきの》ちゃんのほうを見《み》て、早弓《さゆみ》ちゃんになにか言《い》っている。

え、これって……。あの子《こ》たちと、早弓《さゆみ》ちゃんが一緒《いっしょ》にいるってことは……。

胸《むね》をざわつかせながらやり取《と》りをながめていると、そのうちのひとりが、わたしが見《み》ていることに気《き》づいた。

肩《かた》をたたいて、早弓《さゆみ》ちゃんになにやら耳打《みみう》ちする。

すると、早弓《さゆみ》ちゃんが、パッと振《ふ》り向《む》いて、こちらを見《み》た。

――あ。

目《め》が合《あ》った瞬間《しゅんかん》に、なぜかわかった。

早弓《さゆみ》ちゃんが……わたしにあやまりたいと思《おも》ってる。

その予感《よかん》を裏《うら》づけるように、早弓《さゆみ》ちゃんが小走《こばし》りに近《ちか》づいてきた。そして、わたしの目《め》の前《まえ》に立《た》ち、思《おも》い切《き》ったように口《くち》を開《ひら》く。

「小陽《こはる》っ、あの、ちょっといいかな」

「うん」

わたしたちは、ろうかに出《で》ると、どちらからともなく、すみっこのほうに移動《いどう》した。

早弓《さゆみ》ちゃんは少《すこ》し気《き》まずそうに、でも、なんだか使命感《しめいかん》にかられたような顔《かお》つきで、口《くち》を開《ひら》く。

「ごめん、小陽《こはる》。あたし、小陽《こはる》にあやまらなくちゃいけないことがあって……。それっていうのもね、三好《みよし》ちゃんたちから聞《き》いた話《はなし》なんだけど」

「うん」

「空乃《あきの》ってね、『だれだれが、あなたの悪口《わるくち》言《い》ってたよ』って、うそついて、グループの人間関《にんげんかん》係《けい》をこわすんだって！」

そう言《い》われて、一瞬《いっしゅん》だけ反応《はんのう》にまよった。

『そうなの？　知《し》らなかった！』って。

わたしも、今知《いまし》ったようなふりを、したほうがいいのかもしれない。そうしたらきっと、早弓《さゆみ》ちゃんとわたしは、スムーズに仲直《なかなお》りができるだろう。直感的《ちょっかんてき》にそう思《おも》った。だけど……。

「うん」

「ね！　びっくりだよね。でね、それで、あたしも小陽《こはる》があたしの悪口《わるくち》を言《い》ってるって聞《き》いて誤《ご》解《かい》しちゃって――って……。待《ま》って、『うん』って？」

早弓《さゆみ》ちゃんは、目《め》を見開《みひら》いてわたしを見《み》る。

「小陽《こはる》、空乃《あきの》がそういうことするって、知《し》ってたの!?」

「……うん」

「えっ、なんで？　あ……っ、小陽《こはる》も、三好《みよし》ちゃんたちに聞《き》いたの？」

たずねられて、胸《むね》が、きゅっと痛《いた》んだ。

いっそ、そうだったらよかったのにと思《おも》ってしまった。

でも……ここでうそをつくわけにもいかない。

「ううん。わたしはだれからも聞《き》いてないよ」

「そうなの？　じゃあ、どうして――」

そこで、早弓《さゆみ》ちゃんは、ハッとしたような顔《かお》になった。

「――もしかして、小陽《こはる》も空乃《あきの》に言《い》われたの？　あたしが、小陽《こはる》の悪口《わるくち》を言《い》ってるって」

わたしは、いったん目《め》をふせた。

それから、もう一度《いちど》早弓《さゆみ》ちゃんを見《み》つめた。

「うん」

「うそ……。いつ？　もしかして、あたしより先《さき》に言《い》われてたの？　じゃあ、どうしてそのときに、言《い》ってくれなかったの？」

まるで責《せ》めるように言《い》われたことに、わたしは少《すこ》し悲《かな》しくなる。

「……ごめんね。言《い》わなくても、だいじょうぶだと思《おも》っちゃったんだ」

空乃《あきの》ちゃんが、わたしにしたのと同《おな》じことを、早弓《さゆみ》ちゃんにもするとは思《おも》わなかったっていうのもある。

だけど……ね。たぶんわたしは、こうも思《おも》っていたんだ。

もし、同《おな》じことがあったとしても、早弓《さゆみ》ちゃんならだいじょうぶ、って。

わたしが早弓《さゆみ》ちゃんを信《しん》じたように、早弓《さゆみ》ちゃんもわたしを信《しん》じてくれるだろうって。

だから、正直《しょうじき》なところ、早弓《さゆみ》ちゃんが空乃《あきの》ちゃんの言葉《ことば》を信《しん》じたんだなって思《おも》ったとき、裏切《うらぎ》られたような気持《きも》ちになってしまったんだ。……とは、早弓《さゆみ》ちゃんに言《い》えないけれど。

早弓《さゆみ》ちゃんはわたしの言葉《ことば》に目《め》を見開《みひら》いて、それから、バツの悪《わる》そうな顔《かお》をする。

「そっか。小陽《こはる》は、あたしのことを信《しん》じてくれてたってことか。じゃあ、あたしが小陽《こはる》のことを責《せ》めるのは筋《すじ》ちがいだね」

「ううん、そんなこと」

わたしは首《くび》を振《ふ》る。

わかってくれた……早弓《さゆみ》ちゃん。

そう思《おも》ったら、ほわっと心《こころ》が癒《い》やされた。

ああ、これで、心置《こころお》きなく早弓《さゆみ》ちゃんと仲直《なかなお》りできる——そう思《おも》ったんだけれど。

「……だけどさ、小陽《こはる》も、少《すこ》しくらいは言《い》ってくれてもよかったんじゃん？」

早弓《さゆみ》ちゃんがためいきまじりにそう言《い》って、ドキッとする。

「え」

「ほらさ、『空乃《あきの》がなにか言《い》ったのかもしれないけど、それはうそだよ！　わたしのほうを信《しん》じてよ！』とかって。そしたらあたしももっと早《はや》く真実《しんじつ》に気《き》づけたかもだし……まぁ、タラレバの話《はなし》なんだけどさ」

「あ……」

胸《むね》が、チクンと痛《いた》んだ。

「ご、ごめんね、早弓《さゆみ》ちゃん」

そうだよね、わたし……自分《じぶん》の気持《きも》ちばっかりで。

早弓《さゆみ》ちゃんに信《しん》じてもらえなかったって、完全《かんぜん》な被害者意識《ひがいしゃいしき》で。

「いやいや、もともとは、あたしが小陽《こはる》のこと信《しん》じなかったのが悪《わる》いんだけどね」

「ううん、わたしこそ。早弓《さゆみ》ちゃんに信《しん》じてってて、言《い》えばよかったね」

おたがいにそう言《い》い合《あ》うと、なんとなく気《き》まずい空気《くうき》が広《ひろ》がった。

だけど、せっかく誤解《ごかい》が解《と》けたんだ。

わたしは気《き》を取《と》り直《なお》して、早弓《さゆみ》ちゃんにたずねる。

「えっと……、これで仲直《なかなお》り、だよね？」

「うん。まあ、小陽《こはる》が、許《ゆる》してくれるならだけど」

早弓《さゆみ》ちゃんは、はにかみつつも、うなずいてくれる。

「よかったぁ……！　あ、そうだ。早弓《さゆみ》ちゃんも気《き》づいてたと思《おも》うんだけど、わたし、最近《さいきん》、白《しら》根《ね》さんと仲良《なかよ》くなって……放課後《ほうかご》、一緒《いっしょ》に部活《ぶかつ》もやってるんだよ」

わたしがそう言《い》うと、早弓《さゆみ》ちゃんは、ぎくっとした表情《ひょうじょう》をした。

「あー、そう、みたいだね」

あっ……。

「『喫茶部《きっさぶ》』だっけ？　なんか、元温室《もとおんしつ》だったところでやってるんでしょ？」

「そ、そう。それで、白根《しらね》さんも、そこの部員《ぶいん》になってね。それで……」

「………」

どうしよう。言《い》いづらいな。

だけど、このまま、なあなあにするわけにもいかない。

わたしは、勇気《ゆうき》を振《ふ》りしぼった。

「だから、できたら早弓《さゆみ》ちゃんにも、白根《しらね》さんと仲良《なかよ》くなってほしいっていうか、お昼《ひる》とかも、一緒《いっしょ》に食《た》べられたらうれしいんだけどいいかなっ……？」

早弓《さゆみ》ちゃんは、しばらくだまっていた。

たぶん、それはほんの数秒《すうびょう》のことだったんだと思《おも》う。

でも、わたしには、ものすごく長《なが》い沈黙《ちんもく》に感《かん》じられた。

「あのさ……小陽《こはる》」

「う、うん」

「あたしさ、空乃《あきの》のときも、本当《ほんとう》はいやだったんだ。小陽《こはる》と、ふたりでいたかったの、ずっと」

はっきりと言《い》われて、わたしはうつむいてしまう。

「……うん」

「でも、三人《さんにん》になるの反対《はんたい》したら、あたしがわがままで、意地悪《いじわる》な子《こ》みたいになるじゃん？　てかま、実際《じっさい》にそうかもなんだけど……。でも、あたしは小陽《こはる》にそう思《おも》われたくなかったのね。だから、あのときは言《い》えなかったんだ」

うん、気《き》づいてたよ。

早弓《さゆみ》ちゃんが、そう思《おも》っているんだろうなって、気《き》づいてて、気《き》づかないふりをしたんだ。

「だからこそ、今度《こんど》はちゃんと言《い》うね。あたしは、小陽《こはる》とふたりで仲良《なかよ》くしたい。白根《しらね》さんがいやとか、そういうんじゃないの。部活《ぶかつ》で、小陽《こはる》と白根《しらね》さんが親《した》しくしてても、それは全然《ぜんぜん》いい。だけど教室《きょうしつ》では」

早弓《さゆみ》ちゃんは、覚悟《かくご》を決《き》めたような顔《かお》つきで、わたしを見《み》つめた。

「あたしと、ふたり組《ぐみ》でいてほしい。もし、それが無理《むり》なんだったら、あたしはほかの子《こ》のところに……ふたりで仲良《なかよ》くできる相手《あいて》をさがしに、いくよ」

「……………」

これは、きっと、最後《さいご》の機会《きかい》なんだろうな。

早弓《さゆみ》ちゃんと、以前《いぜん》のような関係《かんけい》に戻《もど》れる、唯一《ゆいいつ》の。

わたしと、ふたり組《ぐみ》がいい、って。

そう思《おも》ってくれる早弓《さゆみ》ちゃんの気持《きも》ちは、正直《しょうじき》、とてもうれしい。

わたしだって、早弓《さゆみ》ちゃんのことが大好《だいす》きだから。前《まえ》みたいに、ふたりで仲良《なかよ》くしたいっていいう気持《きも》ちは、ものすごくある。

だけど――ここ最近《さいきん》ずっと、教室《きょうしつ》でも白根《しらね》さんとお昼《ひる》を食《た》べたり、休《やす》み時間《じかん》に話《はな》したりしていたのに、急《きゅう》に早弓《さゆみ》ちゃんとだけ仲良《なかよ》くするのは……。にもかかわらず、部活《ぶかつ》のときだけは白根《しらね》さんに親《した》しげに話《はな》しかけるなんて……。

もしかしたら、白根《しらね》さんは、事情《じじょう》を話《はな》せばわかってくれるかもしれない。ううん、そもそも白《しら》根《ね》さんは気《き》にもしないかもしれない。だけど――。

「ごめん。早弓《さゆみ》ちゃん……」

たぶん、わたしがいやだ。自分《じぶん》を許《ゆる》せない。都合《つごう》よく、コロコロ態度《たいど》を変《か》えるような……そういうことはしたくないんだ。

わたしがそう言《い》うと、早弓《さゆみ》ちゃんが、小《ちい》さく息《いき》を吐《は》く音《おと》が聞《き》こえた気《き》がした。

「そっか。ん、わかった」

「本当《ほんとう》に、ごめんね……」

「いいのいいの！　都合《つごう》いいこと言《い》ってる自覚《じかく》はあったからさ。それに三好《みよし》ちゃんたちがグループにさそってくれたし、とりあえずはそっちに行《い》くからだいじょうぶだし。あ、そうだ！」

早弓《さゆみ》ちゃんは、まるで気持《きも》ちを切《き》り替《か》えようとするみたいに、パッと話《はなし》を変《か》えた。

「今度《こんど》、あたしも『喫茶部《きっさぶ》』に、お茶飲《ちゃの》みにいこっかな。三好《みよし》ちゃんたちと！」

わたしは一瞬《いっしゅん》とまどいつつも、笑顔《えがお》でうなずく。

「あ、うん。ぜひ来《き》て」

すると、早弓《さゆみ》ちゃんも、ほんの少《すこ》しぎこちない笑《え》みを返《かえ》してくれた。

「あー……、じゃあ、そろそろ教室《きょうしつ》に戻《もど》ろっか」

「そうだね」

「また、ね」

「うん。また、ね」

ひらひらと手《て》を振《ふ》り、早弓《さゆみ》ちゃんは小走《こばし》りで教室《きょうしつ》に戻《もど》っていった。

これから、三好《みよし》さんたちのところに行《い》くのかな？

心《こころ》の中《なか》に穴《あな》があいて、風《かぜ》が吹《ふ》き抜《ぬ》けたみたいに全身《ぜんしん》が冷《つめ》たくなる。

わたしは、パンッと両手《りょうて》で頬《ほお》をたたいた。

――わたしが、自分《じぶん》で選《えら》んだこと、だよ。後悔《こうかい》しない……！

わたしは斜《なな》め上《うえ》を向《む》いて涙《なみだ》をこらえてから、教室《きょうしつ》へと歩《ある》きだした。

——さあ、気《き》を取《と》り直《なお》して部活《ぶかつ》だ！　がんばるぞ！


放課後《ほうかご》。

今日《きょう》は日直《にっちょく》の仕事《しごと》があったため、わたしは急《いそ》いで、温室《おんしつ》へと向《む》かっていた。

最近《さいきん》は、オープン直後《ちょくご》に来《く》るお客《きゃく》さんが多《おお》いから、ふたりとも、わたしを待《ま》ってるだろうなー。

そう思《おも》いながら、ドアを開《あ》けると……。


「いらっしゃいませ！」

元気《げんき》な声《こえ》であいさつしてきたのは、白根《しらね》さんでも西大路《にしおおじ》くんでもなかった。

「えっ……」

「あ、こはる！　遅《おそ》かったね〜！」

そう、ニコニコしながら声《こえ》を掛《か》けてきたのは、メイド服《ふく》を着《き》た空乃《あきの》ちゃんだ。

混乱《こんらん》して、一瞬《いっしゅん》、声《こえ》を失《うしな》ってしまった。

ど……どういうこと？　どうして、空乃《あきの》ちゃんが、メイド服《ふく》を着《き》てここにいるの？

わたしは必死《ひっし》に自分《じぶん》の心《こころ》をなだめながら、空乃《あきの》ちゃんにたずねる。

「空乃《あきの》ちゃん、どうしてここに……？」

お客《きゃく》さんとして来《き》ている、というわけではないのはあきらかだった。

だけど、まさか、そんな——。

「どうしてって、わたしも『喫茶部《きっさぶ》』に入《はい》ることにしたから」

空乃《あきの》ちゃんが当《あ》たり前《まえ》のように言《い》い、「まさか」が現実《げんじつ》となる。

「わたしさ～、メイド服《ふく》って一回《いっかい》着《き》てみたかったんだよね～。どう？　似合《にあ》う？」

「……うん」

似合《にあ》っては、いる。

それは否定《ひてい》できないので、うなずくしかない。と、空乃《あきの》ちゃんは、にやっと含《ふく》みのある笑《え》みを浮《う》かべた。

「でしょー。たぶん、こはるより似合《にあ》ってるよね。なーんて！　冗談《じょうだん》だよ、冗談《じょうだん》！」

ぜったいに、冗談《じょうだん》じゃないよね……。

そう思《おも》ったけれど、わたしはなにも言《い》い返《かえ》すことができなかった。

「兎田《とだ》、そんなところで突《つ》っ立《た》ってないで、早《はや》く着替《きが》えてこい」

そこにトレイを持《も》った西大路《にしおおじ》くんが通《とお》りかかったので、わたしはとっさに呼《よ》び止《と》めてしまった。

「あの、西大路《にしおおじ》くんっ」

「あ？　なんだ？」

「あの、空乃《あきの》ちゃ……村岡《むらおか》さんは、正式《せいしき》にこの部《ぶ》に入部《にゅうぶ》したん……ですか？」

思《おも》わずそうたずねると、西大路《にしおおじ》くんは片方《かたほう》の眉《まゆ》を上《あ》げて、不思議《ふしぎ》そうな顔《かお》をした。

「ああ。だってあいつ、兎田《とだ》の友《とも》だちなんだろ？　だったらってことで、入部《にゅうぶ》を許可《きょか》した」

「そう……ですか」

目《め》の前《まえ》が、すうっと暗《くら》くなっていくような感覚《かんかく》。

「なんだ？　なにか問題《もんだい》があるのか？」

西大路《にしおおじ》くんは、いぶかしげにたずねた。

でも、わたしはそれに、なんて答《こた》えたらいいのかわからない。

だって、なんの部活《ぶかつ》に入《はい》るかは、個人《こじん》の自由《じゆう》だ。わたしがどうこう言《い》えることじゃない。

「いいえ……」

わたしが力《ちから》なく首《くび》を振《ふ》ったとき、空乃《あきの》ちゃんが西大路《にしおおじ》くんを呼《よ》ぶ声《こえ》がした。

「西大路《にしおおじ》くうん！　ハーブティーの淹《い》れ方《かた》練習《れんしゅう》したいんだけど、教《おし》えてくれない～？」

「おー、ちょっと待《ま》ってろ。……じゃ、早《はや》く着替《きが》えてこいよ」

西大路《にしおおじ》くんはそう言《い》い残《のこ》すと、空乃《あきの》ちゃんのほうへ歩《ある》いていってしまった。


その日《ひ》は、なんだかずっと、落《お》ち着《つ》かなかった。

頭《あたま》では、気《き》にしないようにしようって思《おも》っていたんだけど、ふと、空乃《あきの》ちゃんが西大路《にしおおじ》くんや白根《しらね》さんに話《はな》しかける声《こえ》や、笑《わら》い声《ごえ》なんかが聞《き》こえてきたりするだけで、気持《きも》ちがざわついてしかたがなかった。

……だめだな、こんなんじゃ。しっかりしないと——。

そう思《おも》っていたとき、視界《しかい》の端《はし》で、四人連《よにんづ》れのお客様《きゃくさま》が席《せき》を立《た》つのが見《み》えた。

そのテーブルに、白根《しらね》さんが歩《あゆ》み寄《よ》っていく。

「白根《しらね》さん、そこの片《かた》づけ大変《たいへん》そうだから、一緒《いっしょ》に……」

「ふゆちゃーん！　そこのテーブル、一緒《いっしょ》に片《かた》づけよ～！」

わたしが白根《しらね》さんに声《こえ》を掛《か》けた瞬間《しゅんかん》、空乃《あきの》ちゃんが大《おお》きな声《こえ》で言《い》いながら、わたしにぶつかってきた。

「痛《いた》っ」

「あれ？　こはる、いたの？　ごめーん、気《き》がつかなかった～」

うそ。だって、あやまりながらもその目《め》はどこか楽《たの》しそうに笑《わら》っている。

考《かんが》えすぎだと思《おも》いたいけど、今日《きょう》の放課後《ほうかご》だけでたくさんの違和感《いわかん》が降《ふ》り積《つ》もって、もうわたしには耐《た》えられなくなっていた。

「兎田《とだ》さん、だいじょうぶですか？」

白根《しらね》さんが、心配《しんぱい》そうにたずねてくれる。

「うん、だいじょうぶだよ」

「ねえねえっ、ふゆちゃんってさ、肌《はだ》すっごく白《しろ》いよね。スキンケア、なに使《つか》ってるの～？」

空乃《あきの》ちゃんは、わたしと白根《しらね》さんの会話《かいわ》をぶった切《ぎ》って、間《あいだ》に割《わ》り込《こ》んでくる。

かなりあからさまだったけれど、白根《しらね》さんはそれに気《き》がつかない。

「スキンケアですか？　さあ、家《いえ》にあるものを使《つか》っているだけなので、よくわかりません」

「え～っ、なにそれ。ふゆちゃんって、おもしろーい」

空乃《あきの》ちゃんはケラケラ笑《わら》いながら、白根《しらね》さんから見《み》えないように背中《せなか》でわたしを押《お》し出《だ》した。

「…………」

もう、いいや。床《ゆか》の掃除《そうじ》でもしよう。

わたしはその場《ば》を離《はな》れて、ほうきを取《と》りにいった。

……たぶん空乃《あきの》ちゃんは、白根《しらね》さんに目《め》をつけたんだろう。早弓《さゆみ》ちゃんと上手《うま》くいかなくなって、教室《きょうしつ》で話《はな》せる人《ひと》が、またいなくなってしまったから。白《しら》根《ね》さんはもともと教室《きょうしつ》で浮《う》いた存在《そんざい》だったけど、喫茶部《きっさぶ》に入《はい》ってからは話《はな》しやすい雰囲気《ふんいき》になったしね。

……二週間《にしゅうかん》くらい前《まえ》には、「まさかの白根《しらね》ふゆ」とか、言《い》ってたくせに。

床《ゆか》をはきながら、ためいきがもれる。

これから毎日《まいにち》、こんなふうなんだろうか。

いずれは、早弓《さゆみ》ちゃんのときと同《おな》じように、白根《しらね》さんや、西大路《にしおおじ》くんが、わたしに冷《つめ》たくなったり、よそよそしくなったりするんだろうか。

考《かんが》えたとたんに、ちくっと、おなかが痛《いた》んだ。

「う……」

そんなの、いやだ。

でも、どうしたらいい？　空乃《あきの》ちゃんに「ふたりにうそをつかないで」って、くぎを刺《さ》してみる？　……って、そんなの無意味《むいみ》だよね。わたしの言葉《ことば》なんて、無視《むし》されるに決《き》まっている。

だったらふたりに「空乃《あきの》ちゃんがなにか言《い》っても信《しん》じないで」って言《い》っておくとか？

だけど、いくらわたしがそう言《い》ったところで、ふたりがわたしを信《しん》じてくれる保証《ほしょう》はない。

いくら考《かんが》えてみても、答《こた》えは出《で》なかった。

――大事《だいじ》な、場所《ばしょ》なんだ。

白根《しらね》さんも、西大路《にしおおじ》くんも、今《いま》のわたしにとって、大事《だいじ》な、大事《だいじ》な人《ひと》たちなんだ。

でも、だからこそ……それが目《め》の前《まえ》で崩《くず》されていくのを見《み》るのは、耐《た》えられない。

ふたりに拒絶《きょぜつ》されてしまったら、今度《こんど》こそ、心《こころ》がこわれてしまうかもしれない。

だったら、いっそのこと……。

わたしは、おなかに当《あ》てていた手《て》を、ぎゅっとにぎりしめた。

8 退部届《たいぶとどけ》

翌日《よくじつ》。

わたしは、お昼休《ひるやす》みに、西大路《にしおおじ》くんのクラスをたずねた。

ふだん、ほかのクラスに行《い》くことはないので、ドキドキする。

そっと教室《きょうしつ》をのぞいてみたけれど、西大路《にしおおじ》くんの姿《すがた》は見当《みあ》たらない。

「あの、西大路《にしおおじ》くんはいますか？」

思《おも》い切《き》って、近《ちか》くにいた女《おんな》の子《こ》にたずねると、その子《こ》はわたしの顔《かお》をまじまじと見《み》た。

うっ……。なんか、めちゃくちゃ見《み》られてるっ。

「部活《ぶかつ》のことで話《はなし》があって……」

視線《しせん》の圧力《あつりょく》に負《ま》けて、言《い》い訳《わけ》するみたいにそう言《い》うと、その子《こ》は、「ああ」と、納得顔《なっとくがお》になった。

「怜王様《れおさま》なら、お昼《ひる》はいつも外《そと》だよ。たぶん、中庭《なかにわ》じゃないかな」

れ、怜王様《れおさま》？

意外《いがい》な呼《よ》び名《な》に少《すこ》しとまどいつつも、わたしはお礼《れい》を言《い》って、その場《ば》を離《はな》れた。

中庭《なかにわ》に出《で》ると、すぐに西大路《にしおおじ》くんを見《み》つけた。

めずらしく制服姿《せいふくすがた》で（いや、よく考《かんが》えたら、こっちが標準《ひょうじゅん》か）、ベンチに腰掛《こしか》けている。

あらためて見《み》ると、やっぱり絵《え》になるなぁ……。

フレディちゃんが肩《かた》にとまっているところなんか、ちょっとだけ物語《ものがたり》の王子様《おうじさま》っぽく見《み》える。

「西大路《にしおおじ》くん」

声《こえ》を掛《か》けると、西大路《にしおおじ》くんはいぶかしげにこちらを見《み》た。

そして、わたしだと気《き》づくと、ちょっとだけ表情《ひょうじょう》をゆるめる。

「なんだ。兎田《とだ》か。なんか用《よう》か？」

「はい。じつは、これなんですけど」

わたしは、記入済《きにゅうず》みの退部届《たいぶとどけ》と、お母《かあ》さんに無理《むり》を言《い》ってお小遣《こづか》いを前借《まえが》りさせてもらった三《さん》千円《ぜんえん》が入《はい》った封筒《ふうとう》をさし出《だ》した。

「喫茶部《きっさぶ》を、退部《たいぶ》させてください」

「なんでだ？」

決死《けっし》の覚悟《かくご》で言《い》ったわたしに、西大路《にしおおじ》くんは軽《かる》い感《かん》じでたずねる。

「理由《りゆう》は……とくに、ありません」

「理由《りゆう》はない？」

「はい。いえ、えっと……家庭《かてい》の事情《じじょう》で、ちょっと」

西大路《にしおおじ》くんは、じろじろとわたしの顔《かお》をながめた。

そのとき、西大路《にしおおじ》くんの肩《かた》にとまっていたフレディちゃんが、パサササッと飛《と》び上《あ》がり、わたしの肩《かた》にとまる。

あっ、これはつつかれる⁉　と思《おも》ったときには遅《おそ》かった。

「痛《いた》い！　痛《いた》いよ、フレディちゃん、つつくのやめて！」

「なるほどな。フレディ、わかったからもういいぞ」

西大路《にしおおじ》くんの言葉《ことば》に、フレディちゃんが肩《かた》をつつくのをやめてくれて、ホッとする。

「ありがとうございます……！　もう、フレディちゃん、びっくりさせないでよ～」

初《はじ》めて会《あ》ったとき以来《いらい》、つつかれなくなっていたから油断《ゆだん》していた。

わたしがやんわりフレディちゃんに注意《ちゅうい》していると、

「フレディは悪《わる》くない。あと、おまえの退部《たいぶ》も認《みと》められないな」

西大路《にしおおじ》くんが、そんなことを言《い》いだした。

「えっ、ど……どうしてですか？　あのときのお金《かね》もちゃんと持《も》ってきたんですよ。ほら！」

「いらん。金《かね》の問題《もんだい》じゃない」

「じゃあ、人手《ひとで》の問題《もんだい》ですか？　でも、白根《しらね》さんも慣《な》れてきたし、空乃《あきの》ちゃんも入《はい》ってきたし、人手《ひとで》は足《た》りますよね」

「そんなことより、おまえ、なんでとつぜん部《ぶ》をやめたいなんて言《い》いだした？　きちんと理由《りゆう》を言《い》え」

「だっ……だから、家庭《かてい》の事情《じじょう》です」

「その事情《じじょう》ってのはなんだ？　くわしく話《はな》せ」

「それは……」

本当《ほんとう》は家庭《かてい》の事情《じじょう》なんてないのだから、目《め》が泳《およ》いでしまう。

「いろいろな……アレですよ」

「はーん。うそだな。家《いえ》の事情《じじょう》じゃないってことは、学園《がくえん》での人間関係《にんげんかんけい》かなにかか？　それも、今《いま》このタイミングで部《ぶ》をやめたいってことは……村岡空乃《むらおかあきの》か？」

たたみかけるように問《と》われ、空乃《あきの》ちゃんの名前《なまえ》を出《だ》された瞬間《しゅんかん》、びくっとしてしまう。

「ビンゴか」

「うっ」

「あいつと、なにがあったんだ？　もしかして、初《はじ》めて会《あ》ったときにここでうずくまってた理由《りゆう》も、あいつがらみか？」

「ううっ」

次々《つぎつぎ》と言《い》い当《あ》てられて、二《に》の句《く》が継《つ》げない。

結局《けっきょく》、わたしは西大路《にしおおじ》くんに、空乃《あきの》ちゃんと早弓《さゆみ》ちゃんとの出来事《できごと》を、あらいざらい話《はな》す羽目《はめ》になってしまった。


「――と、こんなことがありまして……」

「なるほどな。よーくわかった」

わたしの話《はなし》を聞《き》くと、西大路《にしおおじ》くんは神妙《しんみょう》な顔《かお》でうなずいた。

「村岡空乃《むらおかあきの》、あいつ、とんでもないやつじゃねーか！　おまえが退部《たいぶ》する必要《ひつよう》はないぞ。部長権《ぶちょうけん》限《げん》で、おれがあいつをやめさせる」

「ちょっ……ちょっと待《ま》ってください！」

あっさり言《い》い切《き》った西大路《にしおおじ》くんに、わたしはぎょっとした。

「わたしの話《はなし》だけで、そんな判断《はんだん》していいんですか？　わたしがうそをついている可能性《かのうせい》もあるじゃないですか」

「それくらいわかるわバカにすんな。おまえがこの手《て》のうそをつくわけがない。だろ？」

「う、まあ、信《しん》じてもらえてうれしいですけど……。でも退部《たいぶ》させるのはやりすぎじゃ……」

「あ？　どこがだよ。うそをついて人間関係《にんげんかんけい》をクラッシュするのが趣味《しゅみ》みたいなやつ、あぶなくて部内《ぶない》に置《お》いておけないだろ」

「いや、空乃《あきの》ちゃんにそういう趣味《しゅみ》があるわけじゃないと思《おも》いますけど……。たぶん、そうしないと不安《ふあん》、なんじゃないですかね」

「不安《ふあん》～!?」

西大路《にしおおじ》くんは、大声《おおごえ》をあげた。

「そうです。空乃《あきの》ちゃんは、たぶん、人《ひと》のことを心《こころ》から信用《しんよう》するのがこわいんだと思《おも》うんです。それで、きっとあんなことを……」

だからって、やっていいことと悪《わる》いことがあるとは思《おも》うけど……。

「おい。なんでおまえ、あいつをかばうようなこと言《い》うんだよ」

「えっ？」

「入学《にゅうがく》してからずっと仲良《なかよ》かった友《とも》だち取《と》られて、そのうえ、また次《つぎ》にできた友《とも》だちまでねらわれてんだろ。ムカつかないのか？　つか、あいつのこと嫌《きら》いだろ？」

「そんな……」

わたしは、ぷるぷる首《くび》を振《ふ》った。

「そりゃあ、まあ、好《す》き、とは言《い》えないですけど……」

「なんだその曖昧《あいまい》な言《い》い方《かた》。はーん、わかったぞ」

西大路《にしおおじ》くんは、スッと、うでと足《あし》を組《く》んだ。

「おまえ、『人《ひと》を嫌《きら》ってはいけない』と思《おも》ってんだろ」

「えっ」

ズバッと言《い》われて、息《いき》をのむ。

「そ……れは」

その通《とお》りだ。だけど――

「そうですよ。だって、だれかを嫌《きら》いになるなんて、悪《わる》いことじゃないですか」

――頭《あたま》の中《なか》に、ふと、幼稚園《ようちえん》の年少《ねんしょう》の頃《ころ》の記憶《きおく》がよみがえった。

「あたし、こはるちゃん、キラーイ！」

なんの遊《あそ》びをしていたときのことなのか、なぜ、いきなりそんなことを言《い》われたのか。

くわしいことは、まったくおぼえていない。

けれど、その言葉《ことば》のインパクトだけが強《つよ》くて、ショックで、わたしは、いまだにそのとき言《い》われたことだけを鮮明《せんめい》におぼえている。

それから、わたしは人《ひと》の「嫌《きら》い」という言葉《ことば》がこわくなった。

自分《じぶん》が言《い》われているわけでもないのに、だれかがだれかを「嫌《きら》い」と言《い》っているのを見《み》たり、聞《き》いたりするだけで、そわそわしてしまう。

言葉《ことば》じゃなくても、態度《たいど》でもそうだ。

だれかがひとりでポツンとしていると、ほうっておけない気持《きも》ちになる。もはや、トラウマと言《い》ってもいいかもしれない。

だからこそ……、わたしは、わたしからは人《ひと》を嫌《きら》いにならないようにしようって、ずっと、そう思《おも》ってきたんだ。

けれど、西大路《にしおおじ》くんは、あっさりそれを否定《ひてい》してきた。

「いや、べつにいいだろ。嫌《きら》いなやつがいても」

「よ、よくないですよっ」

「なんでだ？　人間《にんげん》、生《い》きてりゃ、嫌《きら》いな人間《にんげん》のひとりやふたりできるもんだろ」

「それは、そうかもしれないですけど。わたしは、自分《じぶん》からはだれも嫌《きら》いになりたくないんです」

「そうしてれば、自分《じぶん》も嫌《きら》われなくてすむから、なんて思《おも》ってるんじゃないだろうな？」

不意《ふい》に問《と》われて、ドキッとした。

「どういう、意味《いみ》ですか？」

「そのままの意味《いみ》だよ。おまえがかたくなに人《ひと》を嫌《きら》いにならないようにしているのは、自分《じぶん》が人《ひと》から嫌《きら》われるのがこわいからだ。だろ？」

するどい指摘《してき》に、わたしは呼吸《こきゅう》が止《と》まったようになってしまう。

「そ、そんなこと――」

「いいか？　どんなにおまえががんばったところで、おまえを嫌《きら》いになるやつはいる。実際《じっさい》しょうもないうそに惑《まど》わされて、友《とも》だちがおまえを嫌《きら》いになってた期間《きかん》もあっただろ」

西大路《にしおおじ》くんの言葉《ことば》が、ぐさぐさと胸《むね》に突《つ》き刺《さ》さった。

でも……、突《つ》き刺《さ》さるのは、それが当《あ》たっているから、なんだよね。

わたしが人《ひと》を嫌《きら》いにならないようにしていたのは、相手《あいて》のためなんかじゃない。

自分《じぶん》のため……だったんだ。

衝撃《しょうげき》の事実《じじつ》にぼうぜんとしているわたしに、西大路《にしおおじ》くんはさらに言《い》った。

「あと、おまえは、ちゃんと怒《おこ》れ」

「怒《おこ》れ……？」

「そうだ。いやなことをされたら、ちゃんと怒《おこ》ったほうがいい。そうじゃないと、相手《あいて》にも伝《つた》わらないし、なにより……自分《じぶん》でも、自分《じぶん》の本当《ほんとう》の気持《きも》ちが、わかんなくなるぜ」

「でも、ちゃんと怒《おこ》るって、どうすれば……」

わたしは、困惑《こんわく》してしまう。

西大路《にしおおじ》くんは、眉根《まゆね》を寄《よ》せた。

「まさか、おまえ、怒《おこ》ったこともないなんて言《い》わないよな？　殴《なぐ》り合《あ》いまでいかなくても、口《くち》ゲンカしたことくらいあるだろ？」

「……口《くち》ゲンカ……も、ないです」

文句《もんく》とか、心《こころ》の中《なか》では言《い》っていることもある。

腹《はら》が立《た》つことはもちろんあるし、イライラすることだってある。

でも、それをそのまま相手《あいて》にぶつけたことは、たぶん、ない。

西大路《にしおおじ》くんは、ひたいに手《て》を当《あ》てて首《くび》を振《ふ》った。

「マジかよ」

「はい……。だって、わたし、人《ひと》が怒《おこ》ってる顔《かお》とか、声《こえ》とか、苦手《にがて》なんですよ。そういうのを見《み》たり聞《き》いたりするくらいなら、自分《じぶん》が我慢《がまん》するほうがまだましだってくらいに」

「なるほどな。相手《あいて》に嫌《きら》われたくないから、相手《あいて》を嫌《きら》わない。相手《あいて》の怒《おこ》る顔《かお》が見《み》たくないから、怒《おこ》らない。そんなふうに苦手《にがて》なもんから逃《に》げてるうちに、やり方《かた》もわかんなくなった……ってことか。これは、ちょっと荒療治《あらりょうじ》が必要《ひつよう》かもしれんぞ」

西大路《にしおおじ》くんは「ふむ」と、あごに手《て》を当《あ》てた。

「……よし。おれに任《まか》せておけ」

そう言《い》った西大路《にしおおじ》くんの顔《かお》が、なにかろくでもないことをたくらんでいそうに見《み》えて、わたしは不安《ふあん》になるのだった。

9 西大路《にしおおじ》くんが考《かんが》えた対決方法《たいけつほうほう》

「じゃあ、はじめるぞ！　『喫茶部《きっさぶ》』生《い》き残《のこ》りをかけた真剣勝負《しんけんしょうぶ》！　『たたいてかぶってじゃんけんぽん』！」


その日《ひ》の放課後《ほうかご》。

温室《おんしつ》の外《そと》には「臨時休業《りんじきゅうぎょう》」の貼《は》り紙《がみ》を出《だ》し、一番大《いちばんおお》きなティーテーブルの前《まえ》で、空乃《あきの》ちゃんとわたしは向《む》かい合《あ》っていた。

目《め》の前《まえ》には、真新《まあたら》しいピコピコハンマーと、年季《ねんき》の入《はい》った白《しろ》いヘルメット（たぶん、これ、学《がっ》校《こう》の備品《びひん》だ……）が、置《お》かれている。

「……って、なにこれ。どうして、わたしとこはるが、『たたいてかぶってじゃんけんぽん』なんてやらなくちゃいけないの!?」

空乃《あきの》ちゃんは、不機嫌《ふきげん》さをかくしもしない。

でも、正直《しょうじき》なところ、わたしだって乗《の》り気《き》ではない。

こういうゲームはそもそも得意《とくい》じゃないのだ。

「いろいろ検討《けんとう》した結果《けっか》、メイドが三人《さんにん》もいるのは多《おお》すぎるってことに気《き》づいたんだ。だから、おまえらふたりのうち、どっちかに退部《たいぶ》してもらう」

「だとしても、こはるはともかくなんでわたしなの？ ふゆちゃんだっているのに！」

空乃《あきの》ちゃんが白根《しらね》さんを指《ゆび》さすと、西大路《にしおおじ》くんは首《くび》を振《ふ》った。

「白根《しらね》はだめだ。うちの大事《だいじ》なお財布様《さいふさま》だからな」

「このピコピコハンマーは、わたしのお小遣《こづか》いで買《か》いました。サバンナプライムのお急《いそ》ぎ便《びん》は、とても便利《べんり》です」

白根《しらね》さんが、さらっとカモられていて、わたしはぎょっとする。

「し、白根《しらね》さんっ、西大路《にしおおじ》くんに買《か》えって言《い》われたの？ そんなのは、断《ことわ》ってもいいんだよ!?」

「だいじょうぶです。じつはわたし、もともとこういうハンマーがほしいと思《おも》っていたので」

本当《ほんとう》かなぁ……。

西大路《にしおおじ》くんが、なんだか上手《うま》いこと言《い》って、白根《しらね》さんの物欲《ぶつよく》を刺激《しげき》したんじゃないだろうか。

あやしんでいるわたしに対《たい》し、空乃《あきの》ちゃんはくちびるをとがらせる。

「えー、ずるーい。お金《かね》の力《ちから》で特別扱《とくべつあつか》いなんて」

「うるさい。文句《もんく》があるなら、すぐに部《ぶ》をやめてもらってもいいんだぜ」

西大路《にしおおじ》くんがそう言《い》うと、空乃《あきの》ちゃんは、ぐっと口《くち》をつぐんだ。

「……ま、いいけど。わたし、こういうゲーム得意《とくい》だしね～」

空乃《あきの》ちゃんは、テーブルに置《お》かれたハンマーを手《て》に取《と》ると、ブンブンッと力強《ちからづよ》く素振《すぶ》りをした。

うわあ。空乃《あきの》ちゃん、わたしをたたきまくる気《き》まんまんだ。

「ルールは知《し》っての通《とお》りだ。じゃんけんをして、勝《か》ったほうがハンマーで相手《あいて》の頭《あたま》をたたく。負《ま》けたほうはヘルメットで頭《あたま》を守《まも》る」

「わかってる、わかってる。さっさとやろ」

「ただし、勝敗《しょうはい》は『まいりました』と、どっちかが負《ま》けを認《みと》めた時点《じてん》で決《き》まる」

西大路《にしおおじ》くんの言葉《ことば》に、空乃《あきの》ちゃんもわたしも、「えっ？」と声《こえ》をあげた。

「相手《あいて》が、負《ま》けを認《みと》めたら……？」

「そうだ。逆《ぎゃく》に言《い》えば、どっちかが負《ま》けを宣言《せんげん》しないかぎり、このゲームは終《お》わらない」

それって、ようするに「制限時間《せいげんじかん》」もないし、「勝利回数《しょうりかいすう》」みたいなものもカウントしないってこと……？

とまどうわたしに対《たい》し、空乃《あきの》ちゃんは、にやりと笑《わら》った。

「オッケー。とにかく、こはるに『まいりました』って言《い》わせればいいわけね。なんだ、そっちのルールのが楽勝《らくしょう》かも～」

空乃《あきの》ちゃんは、わたしがすぐ降参《こうさん》すると思《おも》ってるんだろう。余裕《よゆう》の笑《え》みを浮《う》かべている。

わたしは太《ふと》ももの上《うえ》で、ぎゅっと、こぶしを作《つく》った。

――負《ま》けない。

今日《きょう》だけは、空乃《あきの》ちゃんと戦《たたか》うって、決《き》めたんだから。

「それじゃあ、はじめるぞ。たたいてかぶって――じゃんけんぽん！」

西大路《にしおおじ》くんの掛《か》け声《ごえ》とともに、わたしがパーを、空乃《あきの》ちゃんがチョキを出《だ》した。

わたしはヘルメットに、空乃《あきの》ちゃんがピコピコハンマーに手《て》をのばす。

「えい！」

ピコン！

空乃《あきの》ちゃんのハンマーが、わたしのヘルメットにぶつかって、音《おと》を立《た》てた。

あ……あぶなかった～！

わたしがヘルメットをぬぐと、空乃《あきの》ちゃんが舌打《したう》ちする。

「あーあ。惜《お》しかった～」

その次《つぎ》のターンは、わたしがグーで、空乃《あきの》ちゃんはチョキだった。

わたしの攻撃《こうげき》だ！　そう思《おも》いつつも、あわててわたしがハンマーに手《て》をのばしたときには、もう空乃《あきの》ちゃんがヘルメットをかぶっていて、振《ふ》り上《あ》げた手《て》をそのまま静《しず》かにおろす。

「こはる、おっそーい」

その次《つぎ》も、またわたしの攻撃《こうげき》。……でも、また防《ふせ》がれてしまう。

その次《つぎ》と次《つぎ》は、あいこが続《つづ》き、そのまた次《つぎ》はわたしの攻撃《こうげき》になる。

わたしはハンマーに手《て》をのばしたけれど、空乃《あきの》ちゃんのほうが先《さき》にハンマーを取《と》ってしまった。

「えっ」

「えーい！」

空乃《あきの》ちゃんはハンマーで、わたしの頭《あたま》を思《おも》い切《き》りたたく。

「いっ！」

目《め》の前《まえ》が、一瞬《いっしゅん》、白《しろ》くなった。

「ったー……」

思《おも》わず頭《あたま》を抱《かか》えると、空乃《あきの》ちゃんのわざとらしい声《こえ》が聞《き》こえてきた。

「あー、まちがえちゃった。こはる、ごめんね～」

その後《ご》も、空乃《あきの》ちゃんは時々《ときどき》まちがえたふりをして、ハンマーをうばってきた。そうなると、わたしがじゃんけんで勝《か》っても、下手《へた》をするとたたかれてしまう。

わたしは途中《とちゅう》から、防戦一方《ぼうせんいっぽう》になってしまった。

「ほら、次《つぎ》のターンだぞ。たたいてかぶって、じゃんけんぽんっ！」

じゃんけんは、わたしの負《ま》けだ。

さっと、ヘルメットに手《て》をのばし、頭《あたま》にかぶる。しかし……。

「う、わっ！」

目《め》の前《まえ》にハンマーがせまってきて、わたしは思《おも》わずのけぞった。

「あ、あぶなっ……」

空乃《あきの》ちゃんが、頭《あたま》ではなく、顔《かお》をねらってきたのだ。

「ごめーん。手《て》がすべったぁー」

もう、我慢《がまん》できない。

「また、そんなこと言《い》って……！」

いつもそうだ。空乃《あきの》ちゃんは、いつだって、うそばっかり！

おなかの底《そこ》のほうから突《つ》き動《うご》かされるように、怒《いか》りの声《こえ》をあげようとしたら――。

「いいえ、わたしにでもわかります。今《いま》のはわざとですよ」

――わたしではなく、白根《しらね》さんが、空乃《あきの》ちゃんに抗議《こうぎ》した。

「村岡《むらおか》さん、ひどいです。兎田《とだ》さんにあやまってください」

それを聞《き》いたとたんに、わたしのおなかの底《そこ》にあった怒《いか》りが、ひゅっと引《ひ》っ込《こ》んでしまう。

「おい、白根《しらね》。なんちゅータイミングで……。まあ、気持《きも》ちはわかるが」

西大路《にしおおじ》くんが、ためいきをつきながら肩《かた》をすくめる。

「さすがのおれも、おどろくくらいの性悪《しょうわる》ぶりだ」

それを聞《き》いて、空乃《あきの》ちゃんはカッとなって顔《かお》を赤《あか》くした。

「だからっ、わざとじゃないって言《い》ってるでしょ！　わたしが、わざとやったっていう証拠《しょうこ》でもあるのっ⁉」

「まあ、証拠《しょうこ》『は』、ないけどな」

「わたし、個人的《こじんてき》に兎田《とだ》さんを応援《おうえん》します。兎田《とだ》さん、がんばってください」

白根《しらね》さんが力《ちから》を込《こ》めて応援《おうえん》してくれる。

こんなときだけどちょっとうれしくて、思《おも》わず微笑《ほほえ》んでしまった。

「な、なによ……みんな、こはるのことばっかり……」

空乃《あきの》ちゃんは、ぎりっと歯《は》をくいしばって、わたしをにらむ。

「じゃあ、次《つぎ》のターン行《い》くぞ。たたいてかぶって――」

西大路《にしおおじ》くんの掛《か》け声《ごえ》がまだ終《お》わっていないのに、空乃《あきの》ちゃんがハンマーを手《て》に取《と》った。

「どうして！　あんたばっかり！」

空乃《あきの》ちゃんは、言《い》いながら、何度《なんど》もわたしの頭《あたま》をたたいてくる。

「痛《いた》っ！」

「あんたなんて、ただ、運《うん》がよかっただけでしょっ。たまたま、入学式《にゅうがくしき》で仲良《なかよ》くなった子《こ》と、ふたり組《ぐみ》になれただけなのにさ！　ただそれだけなのに、えらそうに、上《うえ》から目線《めせん》で！」

たたかれる痛《いた》みと、投《な》げつけられる言葉《ことば》に、腹《はら》が立《た》ってきた。

「いっ……痛《いた》いって言《い》ってるでしょ！」

わたしは、ぶつかる寸前《すんぜん》でハンマーをつかんで、空乃《あきの》ちゃんからうばい取《と》った。

「それに、えらそうになんてしてないよ！　やつ当《あ》たりはやめて！」

そして、わたしも空乃《あきの》ちゃんの頭《あたま》をねらって、ハンマーを振《ふ》りかぶる。

ピコン！　と音《おと》を立《た》ててヒットしたとたん、空乃《あきの》ちゃんは悲鳴《ひめい》をあげた。

「ひどーい！　やめてーー！」

「どの口《くち》が言《い》うの!?」

さんざん、人《ひと》のことたたいておいてっ。

わたしはもう一度《いちど》、ハンマーを振《ふ》りかぶった。

「こはるが悪《わる》いんだよっ！　こはるからわたしに声掛《こえか》けてきたくせに！　さんざんやさしくしておいて、わたしを裏切《うらぎ》るし〜！」

「はぁっ……!?」

あまりにも予想外《よそうがい》なことを言《い》われて、わたしは頭《あたま》が真《ま》っ白《しろ》になる。

それって早弓《さゆみ》ちゃんが悪口《わるくち》を言《い》ったって、空乃《あきの》ちゃんがうその告《つ》げ口《ぐち》してきたときのこと!?

「だって、うそだったでしょ！　実際《じっさい》、早弓《さゆみ》ちゃんは悪口《わるくち》なんて――」

「言《い》ってたもーん！　てか、ひどいよ！　こはるは、わたしを選《えら》んでくれると思《おも》ったのに！」

空乃《あきの》ちゃんが、悲劇《ひげき》のヒロインみたいに、あわれっぽい声《こえ》をあげる。

「結局《けっきょく》、だれもわたしのことなんて、一番《いちばん》に好《す》きになってくれないんだぁ〜〜っ！」

まるで、この世《よ》で一番不幸《いちばんふこう》なのは自分《じぶん》だ、とでも言《い》いたいみたいに。

だけど、わたしは納得《なっとく》がいかなかった。

たしかに、空乃《あきの》ちゃんにも、空乃《あきの》ちゃんなりに、思《おも》うところはあるんだろう。でも、

「そりゃあ、あんなうそをつかれたらだれだって――」

わたしがそう言《い》いかけたときだった。

「わたしなんて、一番《いちばん》がどうとか以前《いぜん》の問題《もんだい》で、みんなから嫌《きら》われてましたけどね！」

またしても、白根《しらね》さんが口《くち》を開《ひら》いたのだ。

そのとたん、空気《くうき》が、ピキンと凍《こお》りつく。

「あまりに嫌《きら》われるので、つい最近《さいきん》まで、人《ひと》との会話自体《かいわじたい》をあきらめていたくらいですよ。兎田《とだ》さんのおかげで少《すこ》しはましになりましたが、まだ空気《くうき》を読《よ》むのは苦手《にがて》ですし、人《ひと》がなにを考《かんが》えているのかも、よくわかりません！」

「あ……あの、白根《しらね》さん？　今《いま》、その話《はなし》は……」

やんわり、「今《いま》は、白根《しらね》さんの話《はなし》をする空気《くうき》ではないですよ」と、伝《つた》えたつもりだけれど、白《しら》根《ね》さんには伝《つた》わらなかった。

どうやら、なにかしらのスイッチが入《はい》ってしまったらしい。

「こんな自分《じぶん》に生《い》きている価値《かち》はあるのだろうか、と、思《おも》ったことさえありました。あ、もちろ

ん、今《いま》はそうは思《おも》っていませんけどね」

ヘビーなことをきっぱりと言《い》い放《はな》つ白根《しらね》さんを見《み》ていたら、わたしはなんだか脱力《だつりょく》してくる。

「――ぷっ。ぶははっ！」

けれど、西大路《にしおおじ》くんはなにがおかしいのか、噴《ふ》き出《だ》すように笑《わら》った。

「最高《さいこう》だな、白根《しらね》。でも、不幸話《ふこうばなし》ならおれも負《ま》けてないぜ？」

そして、おもむろに語《かた》りだす。

「聞《き》いておどろけ。うちは明治時代《めいじじだい》から続《つづ》く名家《めいか》だったんだけどな、最近《さいきん》、没落《ぼつらく》しちまって、金《かね》も仕事《しごと》もすっからかんになっちまったんだ。そしたら、金《かね》がたんまりあった頃《ころ》は、わらわら集《あつ》まってきてた人間《にんげん》どもが、わーっと蜘蛛《くも》の子《こ》を散《ち》らすみたいにいなくなってな」

西大路《にしおおじ》くんは、おどけたように手《て》を広《ひろ》げた。

「住《す》んでいた家《いえ》からは追《お》い出《だ》されるし、親《おや》はショックで倒《たお》れるしで、もう大変《たいへん》だったぜ！　しかも、少《すこ》しでも助《たす》けてもらえないかと、親《した》しいと思《おも》ってた人《ひと》に会《あ》いにいったら、なんと、つばをはきかけられる始末《しまつ》だ。いやー……人《ひと》ってのは、こんなに変《か》わるんだっておどろくくらいの、キレイな手《て》のひらクルーだったよ。はははははっ」

「に、西大路《にしおおじ》くん……！」

まさか、西大路《にしおおじ》くんに、そんなつらいことがあったなんて……!?

そのせいで、あんなに「お金《かね》、お金《かね》」って言《い》っていたのだろうか。

そう思《おも》ったら、胸《むね》がきゅうっと痛《いた》くなる。

「全然《ぜんぜん》、知《し》らなかったです。どうして言《い》ってくれなかったんですか?」

「わざわざ言《い》うようなことでもないからな。だいたい、聞《き》いて気分《きぶん》のいいもんじゃないだろ、こんな話《はなし》」

西大路《にしおおじ》くんは、さらっと言《い》った。

「それに、こういう不幸《ふこう》マウント? 『自分《じぶん》は不幸《ふこう》だ』『いや、自分《じぶん》のほうがもっと不幸《ふこう》だ』みたいな言《い》い合《あ》いなんて、不毛《ふもう》なだけなんだよ。みんな口《くち》にしないだけで、多少《たしょう》の不幸話《ふこうばなし》はあるけど、その量《りょう》や質《しつ》なんてくらべられるもんじゃないんだからさ」

たしかに……。

それぞれ口《くち》にしないだけで、心《こころ》に抱《かか》えているものがない人《ひと》なんていないだろう。

なにかあると、さっきの空乃《あきの》ちゃんみたいに、この世《よ》で自分《じぶん》だけが不幸《ふこう》なんじゃないか、なんて思《おも》ったりしてしまうけど……。

わたしは、ちらっと空乃《あきの》ちゃんを見《み》た。

「本当《ほんとう》に、そうですよね」

わたしがつぶやくように言《い》うと、白根《しらね》さんもうんうんうなずく。すると空乃《あきの》ちゃんが、バンッと、テーブルをたたいて立《た》ち上《あ》がった。

「なんなのっ⁉　みんなして、わたしのことバカにしてっ」

そして、カウンターのほうに歩《ある》いていくと、むんずと自分《じぶん》のかばんをつかんだ。

「もういいっ！　こんな部《ぶ》、こっちからやめてやるから！」

空乃《あきの》ちゃんはそうさけぶと、出入口《でいりぐち》に向《む》かって歩《ある》きだした。

その背中《せなか》に、西大路《にしおおじ》くんが声《こえ》を掛《か》ける。

「おい、村岡《むらおか》」

「なによ！　今《いま》さら引《ひ》き留《と》めたって、遅《おそ》いんだからね！」

「いや、その制服《せいふく》、うちの私物《しぶつ》だから。ちゃんとクリーニングして返《かえ》せよな」

西大路《にしおおじ》くんがそう言《い》うと、空乃《あきの》ちゃんが立《た》ち止《ど》まり、くるっと振《ふ》り返《かえ》る。

そして……。

「するか、バーーーーーカッ！」

空乃《あきの》ちゃんは温室《おんしつ》のドアを開《あ》けて、外《そと》に飛《と》び出《だ》していった。

10　一点《いってん》のくもり

空乃《あきの》ちゃんが「喫茶部《きっさぶ》」をやめて（メイド服《ふく》は、翌日《よくじつ》、温室《おんしつ》のドアにかけられた紙袋《かみぶくろ》にぐちゃぐちゃの状態《じょうたい》で突《つ》っ込《こ》まれていて、西大路《にしおおじ》くんは静《しず》かにキレていた）数日《すうじつ》がたち、以前《いぜん》のような、いそがしくも充実《じゅうじつ》した日々《ひび》が戻《もど》ってきた。

あれから、空乃《あきの》ちゃんは教室内《きょうしつない》で完全《かんぜん》に孤立《こりつ》している。

ううん、ほとんど学園中《がくえんじゅう》で、と言《い》ってもいいかもしれない。

早弓《さゆみ》ちゃんと三好《みよし》さんたちが中心《ちゅうしん》になって、「村岡空乃《むらおかあきの》には近《ちか》づかないほうがいい」という情報《じょうほう》が広《ひろ》められ、クラスの子《こ》たちから部活《ぶかつ》などのネットワークを通《つう》じて、学園全体《がくえんぜんたい》に伝達《でんたつ》されたんだ。

うわさは男《おとこ》の子《こ》たちにまで広《ひろ》がったようで、空乃《あきの》ちゃんに話《はな》しかけようとする人《ひと》は、もうひとりもいない。

でも、それを見《み》てもわたしはもう、心《こころ》が揺《ゆ》れることはなかった。

空乃《あきの》ちゃんがああなってしまったのは、自業自得《じごうじとく》なんだから。

わたしは、はっきりとそう思《おも》っていた。

だけど――。

「ねえ、聞《き》いた？　村岡《むらおか》さんのＳＮＳ《エスエヌエス》の話《はなし》」

「聞《き》いたー！　なんか、ヤバそうな人《ひと》とやり取《と》りしてんでしょ？」

……ああ、まただ。

お客《きゃく》さんたちが、そんな会話《かいわ》をしているのが聞《き》こえてきて、わたしは小《ちい》さくためいきをつく。

数日《すうじつ》ほど前《まえ》から、どこからともなく、こういううわさが聞《き》こえるようになったのだ。

なんでも、学校《がっこう》や家族《かぞく》についての愚痴《ぐち》を夜《よ》な夜《よ》なＳＮＳ《エスエヌエス》につぶやいていて、そこに声《こえ》を掛《か》けてきた、あやしい人《ひと》と頻繁《ひんぱん》にやり取《と》りをしているらしい、と。

もちろん、うわさは、うわさ。どこまで本当《ほんとう》かわからないし、わたしには関係《かんけい》ない。

そう思《おも》いつつも、わたしはそんな話《はなし》が聞《き》こえてくるたび、気《き》になって足《あし》を止《と》めてしまう。

「あー、それね。昨日《きのう》も変《へん》な人《ひと》とやり取《と》りしてんの、わたし見《み》てたよ。鍵《かぎ》アカになってるけど、趣味《しゅみ》アカのほうでフォローしてるからさ」

な、なんと……!?

実際《じっさい》に見《み》た人《ひと》がいるというのは、初《はじ》めて聞《き》いた。

「えっ、マジでっ？　相手《あいて》、どんな人《ひと》？」

「プロフィール見《み》たら、まあまあイケメンだった。でも、ああいうのって拾《ひろ》い画《が》かもだし、有名《ゆうめい》大学《だいがく》の名前《なまえ》とか、立派《りっぱ》な肩書《かたがき》いっぱい書《か》いてあったけど、どうだかなー」

わたしは、近《ちか》くのテーブルを拭《ふ》きながら、耳《みみ》をそばだてる。

「なんか、フォローしてんのも、病《や》み系《けい》の女子《じょし》中高生《ちゅうこうせい》のアカウントばっかだし、手当《てあ》たり次第《しだい》に『会《あ》おう』って、声掛《こえか》けてる感《かん》じで」

うわっ。

「うわっ」

あ、反応《はんのう》がかぶってしまった。

「まあ、ほとんどの子《こ》は相手《あいて》してないか、さらっと流《なが》してんだけどね。でも村岡《むらおか》さんは、毎回長《まいかいちょう》文《ぶん》でやり取《と》りしててさー。なんか、ハマっちゃってる感《かん》じだったよ」

「えーっ、ヤバくない？　それにさ、ふつうDM《ディーエム》とかでやり取《と》りするよね。わざわざ見《み》えるところでやり取《と》りしてるってのが、またさぁ……鍵《かぎ》アカなのに自己《じこ》顕示《けんじ》欲《よく》高《たか》いの笑《わら》う～」

「あはは、たしかにー」

お客《きゃく》さんたちの会話《かいわ》を聞《き》きながら、わたしは胸《むね》の中《なか》がもやもやでいっぱいになっていた。

そんなうわさを聞《き》いた翌日《よくじつ》の、お昼休《ひるやす》み。

第二校舎《だいにこうしゃ》にある図書室《としょしつ》から、教室《きょうしつ》に戻《もど》る途中《とちゅう》のことだった。

階段《かいだん》の近《ちか》くにさし掛《か》かったとき、ふいに空乃《あきの》ちゃんの声《こえ》が聞《き》こえてきて、思《おも》わず足《あし》が止《と》まる。

「……えっ？　マジ〜？」

だれかと、通話《つうわ》してる？

まさか、相手《あいて》はネットでやり取《と》りしてるっていうあやしい人《ひと》……じゃないよね？

はしゃぐような声音《こわね》に、昨日《きのう》聞《き》いたうわさを思《おも》い出《だ》してしまい、わたしはそっと階段《かいだん》をのぞき込《こ》む。けれど、そこに空乃《あきの》ちゃんの姿《すがた》は見《み》えなかった。

「うん、うん。わかった！　じゃあ、十六時《じゅうろくじ》に〇×駅《えき》の三番出口《さんばんでぐち》のとこで待《ま》ってるね〜」

と、思《おも》ったら、階段《かいだん》の上《うえ》……半階分上《はんかいぶんうえ》の踊《おど》り場《ば》のあたりから声《こえ》が聞《き》こえてくる。

……って、〇×駅《えき》ってうちの学園《がくえん》の最寄《もよ》り駅《えき》だよね。そこで待《ま》ち合《あ》わせの約束《やくそく》!?

そこで、わたしは頭《あたま》を振《ふ》った。

いやいやいや、わ、わたしには関係《かんけい》ないことだよ！　うん！

そうだ。立《た》ち聞《ぎ》きなんかしたくないし、早《はや》く行《い》ってしまおう。

そう思《おも》ったんだけど――。

「……え、顔《かお》？　わかるよー。だってアイコンと同《おな》じでしょー？」

この言葉《ことば》に、心臓《しんぞう》がいやな感《かん》じにドキッとしてしまって。

こんなことをおぼえたくないのに、「〇×駅《えき》の三番出口《さんばんでぐち》に、十六時《じゅうろくじ》」という情報《じょうほう》が、わたしの頭《あたま》に刻《きざ》みつけられてしまった。


んああ～～～気《き》になるぅ～～～！

それから、わたしは気《き》にしないようにしようしようと思《おも》いつつ、階段《かいだん》のそばで聞《き》いた空乃《あきの》ちゃんの電話《でんわ》の内容《ないよう》が、気《き》になってしかたがなくなってしまった。

午後《ごご》の授業中《じゅぎょうちゅう》も、休《やす》み時間《じかん》の間《あいだ》も、ずっと考《かんが》えてしまう。

もちろん、会《あ》ってもなにもないかもしれないし、その人《ひと》も、いい人《ひと》かもしれない。

でも……よけいなことだとは思《おも》いつつ、悪《わる》い想像《そうぞう》をしてしまう。

もしも、空乃《あきの》ちゃんが会《あ》おうとしているのが変《へん》な人《ひと》で、どこかに無理《むり》やり連《つ》れていかれたり、犯罪《はんざい》にまき込《こ》まれたりしたら……。

そう考《かんが》えると、いても立《た》ってもいられなくなってしまった。

そして――。

放課後《ほうかご》。喫茶部《きっさぶ》の活動開始前《かつどうかいしまえ》。

「西大路《にしおおじ》くん、白根《しらね》さん」

とうとう自分《じぶん》ひとりでは抱《かか》え切《き》れなくなって、わたしは西大路《にしおおじ》くんと白根《しらね》さんに声《こえ》を掛《か》けた。

「ちょっと、話《はなし》を聞《き》いてもらってもいいですか？　じつは空乃《あきの》ちゃんのことなんですけど……」

――……。

「ほっとけ」

「なにかあっても自業自得《じごうじとく》ですね」

あっさり、バッサリと切《き》り捨《す》てられてしまった。

そんなふうに言《い》われるかもなぁと、思《おも》わなくもなかったけれど。あまりのあっさりぶりに、わたしは、ちょっとあせってしまう。

「えっと……でも、相手《あいて》がもし変《へん》な人《ひと》だったらって、気《き》になりません？　ほら、一時《いちじ》はこの部《ぶ》で、一緒《いっしょ》にすごした子《こ》、なわけですし」

「たった二日間《ふつかかん》だけな。しかも、制服《せいふく》を洗《あら》いもせずに返《かえ》してきた」

「ああー……」

「わたし、彼女《かのじょ》が兎田《とだ》さんにしたズル、今思《いまおも》い返《かえ》しても腹《はら》が立《た》ちます」

「そ、そっかぁ」

だめだ。ふたりは、まだ空乃《あきの》ちゃんに対《たい》して激《はげ》しく怒《おこ》ったままだ。

ためいきをつくわたしを、西大路《にしおおじ》くんが、じろっと見《み》た。

「おい、おまえだって、あいつの被害者《ひがいしゃ》だろ」

「もちろんそう、なんですけどね～」

「なんですけどね～、じゃねんだよ。いいからもう、あいつのことは忘《わす》れろ。わかったな」

「はぁい……」

そうだよね。忘《わす》れたほうがいい。

わたしには、関係《かんけい》ないことなんだから。

……って、思《おも》おうとしたんだけど、ね。

「やっぱり、どうしても気《き》になる……！」

わたしは部活《ぶかつ》を早退《そうたい》して（ふたりには、本当《ほんとう》のことを言《い》うと止《と》められそうな気《き》がしたから、急《きゅう》におなかが痛《いた》くなったことにした）、空乃《あきの》ちゃんが電話《でんわ》で待《ま》ち合《あ》わせの約束《やくそく》をしていた場所《ばしょ》に向《む》かった。

「えっと……、たしか、三番出口《さんばんでぐち》、だったよね」

学園《がくえん》の生徒《せいと》たちが使《つか》う出口《でぐち》は、主《おも》に一番出口《いちばんでぐち》だ。

スマホの地図《ちず》アプリを手《て》に向《む》かってみると、三番出口《さんばんでぐち》は、ビルとビルの間《あいだ》の、人通《ひとどお》りの少《すく》ない場所《ばしょ》にあった。その出口《でぐち》の壁《かべ》に背中《せなか》をつけて、空乃《あきの》ちゃんがスマホをいじっている。

「空乃《あきの》ちゃんっ！」

わたしが声《こえ》を掛《か》けると、空乃《あきの》ちゃんはぎょっとしたように目《め》を見開《みひら》いた。

その顔《かお》には、うっすらとメイクをしているようだ。

「こはる……？」

あたりを見回《みまわ》したけれど、相手《あいて》の人《ひと》はまだ来《き》ていない。

そのことにホッとして、わたしは空乃《あきの》ちゃんの手《て》をつかんだ。

「空乃《あきの》ちゃん、行《い》こう」

「はぁ？　なんなのよ、急《きゅう》にっ」

空乃《あきの》ちゃんは、わたしの手《て》を振《ふ》り払《はら》う。

「それに、どこに行《い》こうっての？　わたし、これから人《ひと》と待《ま》ち合《あ》わせしてるから」

「知《し》ってるよ。ネットで知《し》り合《あ》った人《ひと》でしょ。その人《ひと》が来《く》る前《まえ》にここを離《はな》れようって言《い》ってるの」

わたしがそう言《い》うと、空乃《あきの》ちゃんの表情《ひょうじょう》がけわしくなった。

「なにそれっ……。なんであんたがそれを!?」

「空乃《あきの》ちゃんがSNS《エスエヌエス》であぶない人《ひと》とやり取《と》りしてるって、うわさになってたから。それに、たまたま今日《きょう》のお昼休《ひるやす》みに電話《でんわ》してたの聞《き》こえちゃったから！」

「はああっ？　だとしても、あんたには関係《かんけい》ないでしょ！」

「ないよ!?　だけど、知《し》っちゃったからにはほうっておけないから！」

「よけいなお世話《せわ》！　あの人《ひと》はねえっ、有名大学《ゆうめいだいがく》に通《かよ》ってるし、親《おや》は官僚《かんりょう》で、本物《ほんもの》のおぼっちゃんなんだよ!?　そんな人《ひと》が、あぶないわけないでしょ！」

空乃《あきの》ちゃんは、目《め》を三角《さんかく》にして怒《おこ》った。

「だけど、それが本当《ほんとう》かどうかはわからないよね。それに、本当《ほんとう》にそうだったとしても、そういう人《ひと》ならあぶないことしないってことにはならないいんじゃない？」

「あー、うるさいうるさいっ。あの人《ひと》はこはるなんかとちがって、本当《ほんとう》にやさしい人《ひと》なの！　わたしがつぶやくと、いつもすぐにリプくれるんだからっ！　夜中《よなか》でもだよ！」

「夜中《よなか》でも……、って、それ、その人《ひと》がやさしいからじゃなくて、ただその時間《じかん》にたまたま起《お》きてたってだけじゃないの？」

そうじゃなかったら、むしろ、その人《ひと》はいつも夜中《よなか》に活動《かつどう》しているってことになるよね？

それはそれで、どうなんだろうと思《おも》ってしまう。

少《すく》なくとも、まじめに日中《にっちゅう》、大学《だいがく》に通《かよ》っているわけではなさそうだ。

わたしの言葉《ことば》に、空乃《あきの》ちゃんは一瞬《いっしゅん》、目《め》を泳《およ》がせた。

「いっ……いいから、もう、ほっといてよ！」

そのとき、駅《えき》に続《つづ》く階段《かいだん》のほうから、男《おとこ》の人《ひと》の声《こえ》がした。

「えっとー、なんかもめてるみたいだけど~……きみ、空乃《あきの》ちゃん？」

階段《かいだん》から現《あらわ》れた男《おとこ》の人《ひと》は、細身《ほそみ》で、黒《くろ》い帽子《ぼうし》をかぶっていて、黒《くろ》い上着《うわぎ》に、黒《くろ》っぽいデニムという、黒《くろ》ずくめのかっこうだった。

「それとも、きみ？　どっち？」

帽子《ぼうし》からのぞく髪《かみ》の毛《け》は、暗《くら》めの茶色《ちゃいろ》だ。

顔《かお》は、まあまあ整《ととの》っている……と言《い》えなくもないけれど、なんだか雰囲気《ふんいき》が暗《くら》く、おちくぼんだような目《め》をしている。

その人《ひと》と目《め》が合《あ》った瞬間《しゅんかん》、わたしはなぜか、背中《せなか》がぞわっとした。

「わたしでーす。わたしが空乃《あきの》」

けれど、空乃《あきの》ちゃんはなんのためらいもなく、名乗《なの》りをあげる。

「ちょ、ちょっと、空乃《あきの》ちゃんっ」

「へー。きみが空乃《あきの》ちゃんか。で、そっちは？　お友《とも》だち？」

「ううん。ただのクラスメイト」

「ふうん」

男《おとこ》の人《ひと》は、ちらっとわたしを見《み》たあと、空乃《あきの》ちゃんの前《まえ》に立《た》った。

「じゃ、関係《かんけい》ないね。行《い》こうか」

「うんっ」

「待《ま》って！　空乃《あきの》ちゃん！」

わたしは、歩《ある》きだした空乃《あきの》ちゃんのうでをつかむ。

「なに？　ちょっと、放《はな》してよっ」

「だめっ。放《はな》さない！」

空乃《あきの》ちゃんは振《ふ》り払《はら》おうとするけど、わたしは今度《こんど》こそ、ぎゅっとしがみついて耐《た》える。

「帰《かえ》ろう、空乃《あきの》ちゃん！」

「だから、いやだって言《い》ってるでしょ！」

「なぁに、なぁに〜。ふたりでなにやってんの〜」

わたしたちがたがいを引《ひ》っ張《ぱ》り合《あ》っていると、男《おとこ》の人《ひと》が間《あいだ》に入《はい》ってきて、わたしの手《て》をつかんだ。

強《つよ》い力《ちから》で引《ひ》っ張《ぱ》られて、無理《むり》やり空乃《あきの》ちゃんから引《ひ》き離《はな》される。

それでも、わたしはまた、空乃《あきの》ちゃんに手《て》をのばした。

「空乃《あきの》ちゃん、帰《かえ》るよ！」

「おっと！　……だからさ、空乃《あきの》ちゃん、いやがってるでしょ？」

けれど、男《おとこ》の人《ひと》に払《はら》いのけられてしまった。

「あのさぁきみ、なんかさっきから、すごいおれのこと警戒《けいかい》してるみたいだけど、誤解《ごかい》だよ？　おれ、べつにあやしいやつじゃないから」

「………」

「空乃《あきの》ちゃんとはSNS《エスエヌエス》で知《し》り合《あ》ったんだけど、ただ、いろいろ話《はなし》を聞《き》いてただけで、健全《けんぜん》な関《かん》係《けい》なんだよね。今日《きょう》だって、ちょっと一緒《いっしょ》にご飯食《はんた》べるだけのつもりだし」

男《おとこ》の人《ひと》はそう言《い》っているけれど、わたしの背中《せなか》は、まだぞわぞわしっぱなしだ。

理屈《りくつ》じゃなく、本能《ほんのう》が「危険《きけん》」だと言《い》っているみたいに。

だけど、それを証明《しょうめい》するすべがない。

どうしよう、どうしたら、空乃《あきの》ちゃんにわかってもらえるっ……？

「おれもいそがしい中《なか》、わざわざ空乃《あきの》ちゃんのために時間《じかん》を作《つく》ってきたんだよ。だからさ、これ以上邪魔《いじょうじゃま》しないで。わかってくれるよね？　じゃあ、おれたち行《い》くね」

そのときだった。

——バサササッ。

軽《かろ》やかな羽《はね》の音《おと》とともに、フレディちゃんが、男《おとこ》の人《ひと》の肩《かた》に舞《ま》い降《お》りる。

「え？　なんだ、この鳥《とり》……って、いたたたた！」

フレディちゃんにつつかれて、男《おとこ》の人《ひと》が悲鳴《ひめい》をあげた。

ここに、フレディちゃんが来《き》た、ということは——。

わたしがそう思《おも》った瞬間《しゅんかん》、後《うし》ろから、西大路《にしおおじ》くんの声《こえ》がした。

11 不思議《ふしぎ》な力《ちから》

「ああ、視《み》える……視《み》えるぞ」

振《ふ》り返《かえ》ると、執事服姿《しつじふくすがた》の西大路《にしおおじ》くんが、こちらにゆっくりと歩《ある》いてくるのが見《み》えた。ビル風《かぜ》で、執事服《しつじふく》の上着《うわぎ》がはためいている。

「おまえの苦悩《くのう》が、まざまざとな……！」

西大路《にしおおじ》くんは、男《おとこ》の人《ひと》をまっすぐに見据《みす》えて、すごみのある笑《え》みを浮《う》かべた。

男《おとこ》の人《ひと》は、ひくっと、頬《ほお》を引《ひ》きつらせる。

「なんなの、あんたら。こんな街中《まちなか》で、執事《しつじ》のコスプレ？　ヤバいんじゃないの？」

「ヤバいのはおまえのほうだろ？　よくもまあ、そんなにうそばっか並《なら》べ立《た》ててきたもんだ。自《じ》称有名大学生《しょうゆうめいだいがくせい》、実際《じっさい》は高校中退《こうこうちゅうたい》の二十一歳《にじゅういっさい》、現在無職《げんざいむしょく》のハヤサカくん」

「なっ……！　んで、名前《なまえ》っ……」

男《おとこ》の人《ひと》は、おどろいたように目《め》を見開《みひら》く。

「視《み》えているのは名前《なまえ》だけじゃないぜ？　おまえが、金《かね》に困《こま》って悩《なや》むことになった理由《りゆう》も、おまえが、ネットで引《ひ》っ掛《か》けた女子中高生《じょしちゅうこうせい》を、どんなふうに金《かね》に換《か》えているのかも全部《ぜんぶ》わかる」

西大路《にしおおじ》くんの言葉《ことば》に、男《おとこ》の人《ひと》の顔《かお》が、サーッと青《あお》くなった。

そして、じりじりとあとずさりをはじめる。

その様子《ようす》を見《み》て、空乃《あきの》ちゃんはあせったように、男《おとこ》の人《ひと》の服《ふく》を引《ひ》っ張《ぱ》った。

「ね、ねえっ、なんで言《い》い返《かえ》さないの？　まさか本当《ほんとう》に、わたしをだましてたわけじゃないよね？」

「……離《はな》せっ」

男《おとこ》の人《ひと》は、空乃《あきの》ちゃんの手《て》を振《ふ》り払《はら》った。そして、バタバタと駅《えき》の階段《かいだん》をかけおりていく。

「あっ！」

逃《に》げられちゃう！

とっさに追《お》いかけようとしたわたしを、西大路《にしおおじ》くんが呼《よ》び止《と》めた。

「やめとけ、追《お》ってもむだだ」

「でもっ、西大路《にしおおじ》くんの話《はなし》が本当《ほんとう》なんだったら、あの人《ひと》を警察《けいさつ》に連《つ》れていかなくちゃ！」

どうして西大路《にしおおじ》くんが、あの人《ひと》がしてきたことを知《し》ることができたのか、わからないけれど。

彼《かれ》が、逃《に》げた。その事実《じじつ》だけで、警察《けいさつ》に突《つ》き出《だ》す理由《りゆう》は十分《じゅうぶん》だと思《おも》う。

けれど西大路《にしおおじ》くんは首《くび》を振《ふ》った。

「証拠《しょうこ》がない」

「えっ……でも」

「あいつを確実《かくじつ》につかまえたいんなら村岡《むらおか》が拉致《らち》されてから、現場《げんば》を押《お》さえるべきだった。……そうしたほうがよかったか？」

そう言《い》われて、わたしはハッとする。

「ううん……」

なにかあってからじゃ、取《と》り返《かえ》しがつかなかったかもしれない。

「今来《いまき》てくれて、よかった……」

「なにがよかった、よ！」

わたしが安堵《あんど》の息《いき》をつくのと、空乃《あきの》ちゃんがさけぶのは同時《どうじ》だった。

「いつ、あんたたちに、おせっかいしてくれなんてたのんだ!?　よけいなことしないでよ！」

そして、空乃《あきの》ちゃんは、くるりと背《せ》を向《む》けて駅《えき》の階段《かいだん》のほうへ向《む》かう。

「ねえ、待《ま》って！　わたしを置《お》いていかないで！」

さっきの男《おとこ》の人《ひと》を追《お》いかけようとする空乃《あきの》ちゃんにおどろいて、わたしはあわてて駆《か》けだし、空乃《あきの》ちゃんの前《まえ》に立《た》ちはだかる。

「どこに行《い》くのっ？　空乃《あきの》ちゃん、まさか、またあの人《ひと》のとこに行《い》ったりしないよねっ」

「だったらなに？　わたしの自由《じゆう》でしょっ」

「自由《じゆう》って……！　あの人《ひと》は、あぶない人《ひと》なんだよ？　ついていったら、どんな目《め》にあうかわからないんだよっ？」

「はっ、だからなに？　べつにいいよ、どうなったって」

空乃《あきの》ちゃんは、吐《は》き捨《す》てるように言《い》った。

「どうせわたしのことで、本気《ほんき》で悲《かな》しむ人《ひと》なんていないんだから。たとえわたしが死《し》んだところで、だれも――」

その言葉《ことば》を聞《き》いたとたん、だった。

「――バカッ！」

今《いま》まで感《かん》じたことのない強《つよ》い怒《いか》りが、わたしの中《なか》ではじけた。

「どうしてっ、そんなこと言《い》うの!?」

一度《いちど》はじけた怒《いか》りは、まるでマグマのようにとめどなく噴《ふ》き出《だ》していく。

「そんなわけないでしょ！　どれだけ心配《しんぱい》したと思《おも》ってるの!?」

空乃《あきの》ちゃんが、おどろいたようにわたしを見《み》て、それからとまどうように瞳《ひとみ》を揺《ゆ》らした。

「だ、って……。こはるだって、わたしのこと本当《ほんとう》は嫌《きら》って――」

「そうだね！　たしかにわたしは、今《いま》はもう空乃《あきの》ちゃんのこと好《す》きとは言《い》えないよ！　でも、それはあたりまえでしょ!?　空乃《あきの》ちゃんのせいで、わたしは大好《だいす》きだった友《とも》だちと、友《とも》だちでいられなくなっちゃったんだから！」

あんなすれちがいさえなければ、早弓《さゆみ》ちゃんとも、ずっと友《とも》だちでいられたんだ。

その思《おも》いは、怒《いか》りは、無理《むり》やりおさえつけただけで、いまだわたしの中《なか》にある。

そうだよ。わたしは――空乃《あきの》ちゃんのことが嫌《きら》いだ。大嫌《だいきら》いだよ！

「でも……それでも」

わたしは空乃《あきの》ちゃんをにらみつけたまま、肩《かた》をつかんだ。

「こわかったよ……！」

怒《いか》りのあまり、つかんだ指先《ゆびさき》が小刻《こきざ》みにふるえる。

「すごく、すっごく、こわかった」

「……っ」

「空乃《あきの》ちゃんが、あの人《ひと》と会《あ》おうとしてるって知《し》ったとき……心臓《しんぞう》が、つぶれるかと思《おも》ったんだよ！」

——本当《ほんとう》に、こわかった。

西大路《にしおおじ》くんが来《き》てあの人《ひと》が逃《に》げ出《だ》すまで、空乃《あきの》ちゃんのことが心配《しんぱい》で、わたしは本当《ほんとう》に、気《き》が気《き》じゃなかったんだ。

「うそ、つきっ。ほんとは、そんな……思《おも》ってもないくせにっ」

「うそじゃないよ！　空乃《あきの》ちゃんのバカァッ！」

わたしは涙声《なみだごえ》でさけびながら、空乃《あきの》ちゃんの肩《かた》を力《ちから》いっぱいにたたいた。

「バカバカッ！　大《おお》バカッ……！」

すると、空乃《あきの》ちゃんがぎゅっと口《くち》をへの字《じ》にして、わたしをにらんだ。

「痛《いた》い、って。やめてよ、こはる」

「やめない！　空乃《あきの》ちゃんがっ、もう危険《きけん》なことはしないって誓《ちか》うまで、やめない！」

「なにそれ……もう、ほっといてよぉ～」

空乃《あきの》ちゃんはそう言《い》いながら、わたしを突《つ》っぱねようとする。

「わたしだって、ほうっておきたいよっ」

「あっそ！　だったらほうっておいてよっ。もう、意味《いみ》わかんない！」

涙《なみだ》まじりの声《こえ》で言《い》われて、本当《ほんとう》に、なんでだろうと思《おも》う。

正直《しょうじき》、自分《じぶん》でも、自分《じぶん》の気持《きも》ちがわからなかった。

でも……もしかしたら。

空乃《あきの》ちゃんのことをほうっておけないと思《おも》ってしまう原因《げんいん》が、あるとするならば。

「しょうがないでしょ！　わたしっ、たぶん、友《とも》だちだったときの空乃《あきの》ちゃんが大好《だいす》きだったんだもん！」

そう。たった一《いっ》か月《げつ》くらいだったけど、空乃《あきの》ちゃんと友《とも》だちとしてすごした日々《ひび》は楽《たの》しかった。

早弓《さゆみ》ちゃんと空乃《あきの》ちゃんの三人《さんにん》でたくさんしゃべったり、涙《なみだ》が出《で》るくらい笑《わら》い合《あ》ったりした。

わたしが筆記用具《ひっきようぐ》を忘《わす》れてしまったとき、早弓《さゆみ》ちゃんがシャープペンを、空乃《あきの》ちゃんが消《け》しゴムを半分《はんぶん》に切《き》って貸《か》してくれたこともあったっけ。

あの頃《ころ》の日々《ひび》が、わたしにとって、幸《しあわ》せで、あたたかな思《おも》い出《で》になってしまっているから。

「なにそれ……。バッカじゃないの、こはる」

「それ、空乃《あきの》ちゃんにだけは言《い》われたくないよっ。うえぇーん！」

こらえ切《き》れなくなって、わたしは泣《な》きだしてしまった。すると、空乃《あきの》ちゃんがつられたように、くしゃっと顔《かお》をゆがませる。

「なんでこはるが泣《な》いてんのよ……うっ、く……！」

空乃《あきの》ちゃんは、小《ちい》さくしゃくりあげると、わたしにしがみつくように抱《だ》きついてきた。

カイロみたいに熱《あつ》くなった空乃《あきの》ちゃんの体《からだ》を、ぎゅっと抱《だ》きしめ返《かえ》す。

大嫌《だいきら》い。空乃《あきの》ちゃんなんて、大大大《だいだいだい》っ嫌《きら》い。

でも……何事《なにごと》もなくて、本当《ほんとう》によかったって、心《こころ》から思《おも》いながら。

「うああっ、あぁ〜〜〜んっ……」

空乃《あきの》ちゃんとわたしは、小《ちい》さな子《こ》どものように、声《こえ》をあげて泣《な》いた。


わたしたちの涙《なみだ》が落《お》ち着《つ》いたころ、白根《しらね》さんと、西田先生《にしだせんせい》が一緒《いっしょ》に駆《か》けつけてきた。

どうしてここに先生《せんせい》が!? と、おどろくわたしに、白根《しらね》さんが「西大路《にしおおじ》くんが、万《まん》が一《いち》に備《そな》えて西田先生《にしだせんせい》を呼《よ》んでこいと言《い》ったので」と教《おし》えてくれた。

ふたりにたずねられておおまかな事情《じじょう》を話《はな》すと、西田先生《にしだせんせい》は顔色《かおいろ》を変《か》えて空乃《あきの》ちゃんをしかった。……だけでなく、わたしも「そういうときは一人《ひとり》で行動《こうどう》しないで、大人《おとな》に声《こえ》を掛《か》けてください!」って、しかられちゃった。

そこで、わたし自身《じしん》も危《あぶ》ないことをしていたんだって気《き》づいて、反省《はんせい》したよ。

さらに、不審者情報《ふしんしゃじょうほう》を警察《けいさつ》と学園《がくえん》へ西田先生《にしだせんせい》がしてくれることにもなって、わたしはもう、深々《ふかぶか》と頭《あたま》を下《さ》げるしかなかった。

そして学園《がくえん》に帰《かえ》る道《みち》すがら、空乃《あきの》ちゃんが、こそっと話《はな》し掛《か》けてきた。

「こはる、その……ごめんね。さゆ、ちゃんとのこと、とか」

「うん」

いつものわたしだったら空気《くうき》を読《よ》んで、「もう怒《おこ》ってないよ」とか、「気《き》にしてないよ」って言《い》ってしまったかもしれない。

でも、たぶん、まだちょっとだけ怒《いか》りの余波《よは》が残《のこ》っていたおかげで、素直《すなお》にそう返《かえ》せた。

「本当《ほんとう》だよ。あのことについては、わたし、まだ許《ゆる》してないからね」

「だよね。……わかってる」

そしたら、空乃《あきの》ちゃんにも素直《すなお》にうなずかれて、わたしは少《すこ》しとまどってしまう。

でもっ、ここで甘《あま》い顔《かお》はしないよ!? うん!

「ま、まあ、それくらいのことだったからね。ところで空乃《あきの》ちゃん、どうして毎回《まいかい》あんなうそをついてたの? わたしたちだけじゃなくて、前《まえ》のグループやその前《まえ》のグループでも同《おな》じようなことをしてたって、早弓《さゆみ》ちゃんから聞《き》いたよ」

わたしが責《せ》めるようにたずねると、空乃《あきの》ちゃんは「あー……」と、気《き》まずそうな声《こえ》をあげた。

「それは……でも、ただの言《い》い訳《わけ》になっちゃうかもなんだけど」

「いいよ、言《い》い訳《わけ》してみてよ」

「ちょっと、家《いえ》でいろいろあって……ていうか、去年《きょねん》うち、ママが再婚《さいこん》したんだよね」

「え、そうなんだ」

どうも最近《さいきん》は家族《かぞく》についての愚痴《ぐち》もつぶやいている、といううわさは聞《き》いていたけれど……。

少《すこ》しとまどいながら、わたしはたずねる。

「えっと、それで、新《あたら》しいお父《とう》さんと上手《うま》くいってない感《かん》じなの……？」

「上手《うま》くいってないってわけじゃないよ。オジサンは、わたしにめちゃくちゃ気《き》をつかってくれてるし、普通《ふつう》にいい人《ひと》だとは思《おも》う。だけど、やっぱ家族《かぞく》じゃなくて『他人《たにん》』って感《かん》じなんだよね」

「それは……そうだよね」

「それにママ、最近《さいきん》お腹《なか》に赤《あか》ちゃんができてさ」

「えっ、赤《あか》ちゃん？」

わたしは思《おも》わず目《め》をかがやかせてしまったんだけど、空乃《あきの》ちゃんはぎゅっと眉根《まゆね》を寄《よ》せた。

「そう。そしたらオジサンめちゃくちゃよろこんでてさー。毎日《まいにち》ベビーグッズ買《か》ってきてんの。

自分《じぶん》の子《こ》が生《う》まれるのがうれしいのはわかるけど、いい大人《おとな》がはしゃぎすぎで笑《わら》えるよね」

笑《わら》える、と言《い》いながらも、空乃《あきの》ちゃんの顔《かお》は苦《にが》いままだ。

「それにママも、妊娠《にんしん》したからって仕事《しごと》やめてきちゃってさ。最近《さいきん》は毎日《まいにち》家《いえ》にいるようになったんだよね」

「そうなんだ。え、でもそれは空乃《あきの》ちゃんにとってもうれしいことじゃないの？」

「全然《ぜんぜん》。ママ、なんかずっとイライラしてるんだもん。だいたい、いままでほったらかしだったくせに、細《こま》かいことといろいろ言《い》ってきてうざいし。そのくせお腹《なか》の子《こ》にはやさし〜い声《こえ》で話《はな》し掛《か》けててさ、わたしには無関心《むかんしん》だったくせに、オジサンとの子《こ》はそんなにかわいいかよ、って感《かん》じ」

「無関心《むかんしん》だなんて、そんなこと……！」

思《おも》わず否定《ひてい》しかけると、空乃《あきの》ちゃんはピシャリとはねのけるように言《い》った。

「あるの！　実際《じっさい》、ママはわたしの小学校《しょうがっこう》の運動会《うんどうかい》も音楽会《おんがくかい》も、授業参観《じゅぎょうさんかん》とかも全部《ぜんぶ》、仕事《しごと》がいそがしいからって、六年間《ろくねんかん》で一回《いっかい》も来《き》てくれたことなかったんだから！」

「空乃《あきの》、ちゃん……」

六年間《ろくねんかん》で一回《いっかい》も……だなんて。想像《そうぞう》しただけで、わたしは胸《むね》がぎゅうっとしめつけられた。

「わたし、家《いえ》ではほとんどひとりで自分《じぶん》の部屋《へや》にこもってるんだ。だから、せめて学校《がっこう》では、わたしのことだけ見《み》てくれる、一番《いちばん》の親友《しんゆう》みたいな子《こ》がほしかったんだ。だけど、そう思《おも》えば思《おも》うほど、なんか上手《うま》くいかなくってさ」

空乃《あきの》ちゃんは、小《ちい》さく肩《かた》をすくめた。

「そんなとき、ふと思《おも》っちゃったんだよね。『まわりにほかの子《こ》がいなければ、わたしだけを見《み》てくれるかも』って」

「それで、親友《しんゆう》になりたいと思《おも》った子《こ》に『ほかの子《こ》が悪口《わるくち》を言《い》ってた』なんてうそを……？」

「そういうこと。でもさ、最初《さいしょ》は上手《うま》くいっても、しばらくするとなんかだめになっちゃうんだよね〜。ま、うそなんだからしかたないか。何回《なんかい》も失敗《しっぱい》してからようやく気《き》づくなんて、わたしもバカだよね」

そう言《い》って、空乃《あきの》ちゃんは、あはっと苦笑《くしょう》した。

どんな理由《りゆう》があったにせよ、空乃《あきの》ちゃんがしたことは許《ゆる》されることじゃない。

わたしは心《こころ》の底《そこ》からそう思《おも》う。でも……。

「はぁ〜あ。わたしってサイテーだよねー」

「…………」

「そんなやつなのに、心配《しんぱい》してくれてありがとね、こはる。あ、これからはもう学校《がっこう》で話《はな》し掛《か》けたりもしないから、安心《あんしん》して」

そんなふうに、言《い》われてしまうと――。

なんだか、心《こころ》がざわざわして、落《お》ち着《つ》かなくなってしまって。

「ちょっ……と話《はな》すくらいなら、いいよ」

わたしは思《おも》わず、そうつぶやいていた。

「えっ」

空乃《あきの》ちゃんの顔《かお》に期待《きたい》の光《ひかり》がさすのを見《み》て、あわててくぎを刺《さ》す。

「ちがうよ!? あのねっ、言《い》っておくけど、前《まえ》みたいな友《とも》だちに戻《もど》るとは言《い》ってないからね!

ただ、ふつうにあいさつをしたり、ちょっとした世間話《せけんばなし》をするくらいの関係《かんけい》ならいいよっていう
だけだからっ」

「あー、ようするに……友《とも》だちじゃなくて、ただの知《し》り合《あ》いみたいな感《かん》じ、ってこと?」

うっ。ただの知《し》り合《あ》い、っていうのは、さすがにちょっと冷《つめ》たいかなぁ?

「まあ、知《し》り合《あ》いよりは上《うえ》の……『準友《じゅんとも》だち』って感《かん》じ、で」

苦《くる》し紛《まぎ》れにわたしが言《い》うと、空乃《あきの》ちゃんは少《すこ》し笑《わら》った。

「あは。『準友《じゅんとも》だち』って! こはるって本当《ほんとう》に人《ひと》がいいね〜」

「そ、そんなことないよっ。もしも次《つぎ》にまた同《おな》じようなことがあったら今度《こんど》こそわたし空乃《あきの》ちゃんとは絶縁《ぜつえん》するもん！」

そう、これはいわば最後《さいご》の機会《きかい》だ。はっきり言《い》って次《つぎ》はない。

「だから約束《やくそく》して。もう人《ひと》をおとしいれるようなうそはつかないって」

わたしがそう言《い》うと、空乃《あきの》ちゃんはうなずいた。

「わかった」

「あと、不用意《ふようい》に、知《し》らない人《ひと》に会《あ》ったりしないでね」

「うん。約束《やくそく》する」

空乃《あきの》ちゃんが真剣《しんけん》な顔《かお》で言《い》ってくれて、ようやくホッとした。

「はあ〜……よかったぁ。……もう、怒《おこ》ったりするのって、しんどい……」

ためいきとともに、思《おも》わず本音《ほんね》がもれる。

「そういえば、こはるがあんなふうに怒《おこ》ったりするとこ、初《はじ》めて見《み》たかも」

「うん。わたし、だれかに対《たい》してあんなに怒《おこ》ったりしたの、たぶん初《はじ》めてじゃないかな」

「へー、そうなんだ？」

空乃《あきの》ちゃんは、ちょっとうれしそうな顔《かお》をする。

「ちょっと、これ、よろこぶところじゃないからね？　空乃《あきの》ちゃんが、それだけのことをしたってことなんだからねっ？」

本当《ほんとう》に、自覚《じかく》、あるのかな!?

ジト目《め》で見《み》つめると、空乃《あきの》ちゃんは鼻《はな》の前《まえ》で手《て》を合《あ》わせた。

「わかってるよ。本当《ほんとう》に、ごめんって！」

「も～っ！」

「でも、わたしもさ、たぶん初《はじ》めてだったんだ。あんなふうにだれかに本気《ほんき》で怒《おこ》られたのって」

空乃《あきの》ちゃんは、照《て》れたように言《い》う。

「だから、ちょっとうれしくなっちゃった。ごめんね、こはる。それから……ありがと！」

「うっ……」

ずるい。

そんなふうに言《い》われると、なんだか嫌《きら》い続《つづ》ける気分《きぶん》になれなくなってきちゃうじゃない。

「……もういいよ。だけど、さっきの約束《やくそく》は、ぜったいぜったい、守《まも》ってね！」

「うん！」

空乃《あきの》ちゃんは、うそのないまっさらな笑顔《えがお》でうなずいた。

「いやー！　よかった。一件落着《いっけんらくちゃく》だな〜！」

そんなわたしたちの間《あいだ》に、西大路《にしおおじ》くんが、ひょいっと割《わ》り込《こ》んできた。

「兎田《とだ》がわかりやすい仮病《けびょう》で部《ぶ》を早退《そうたい》したから一応《いちおう》あとをつけてきたものの、駅前《えきまえ》でごたごたしてるのを見《み》たときは、面倒《めんどう》そうだしふたりとも見捨《みす》てて学園《がくえん》に戻《もど》ろうかとも思《おも》ったけど、そうしなくてよかったよ。はっはっはっは！」

西大路《にしおおじ》くんは、なんだかやけにテンションが高《たか》い。……って。

「えっ！　最初《さいしょ》は見捨《みす》てようと思《おも》ってたんですか!?」

「まぁな。でも、結果《けっか》、助《たす》けてやったんだから、いいだろ？」

「それは……まあ、たしかに」

あのとき、西大路《にしおおじ》くんが来《き》てくれなかったら、どうなっていたことか。

想像《そうぞう》すると、ゾッとするほどおそろしい。

「……助《たす》けてくれてありがとうございました」

「よろしい」

西大路《にしおおじ》くんは満足《まんぞく》げにあごをなでた。

それから、わたしの頭《あたま》に、ぽんと手《て》を乗《の》せる。

「あと、よかったな。ちゃんと怒《おこ》れて」

「えっ……？」

頭《あたま》をぽんぽんされて、わたしはおどろく。

「西大路《にしおおじ》くん……」

「とにかく、本当《ほんとう》によかった！　あー！　今日《きょう》はすばらしい日《ひ》だなー！」

西大路《にしおおじ》くんは、両手《りょうて》を上《あ》げてそうさけんだ。

「……あはは」

今日《きょう》の西大路《にしおおじ》くんは、本当《ほんとう》に、変《へん》なテンションだなぁ。

でも……いいや。わたしも、うれしいから。

なんでだか、とても上機嫌《じょうきげん》な西大路《にしおおじ》くんにつられて、わたしも両手《りょうて》を上《あ》げてみる。

すると、指《ゆび》のすきまから見《み》える街《まち》の灯《あか》りが、ピカピカと、かがやいて見《み》えた。

12 平穏《へいおん》な日々《ひび》

――チリリン♪


温室《おんしつ》のドアが開《あ》いて、またひとり、「喫茶部《きっさぶ》」にお客《きゃく》さんがやってきた。

「こんにちは～！」

「いらっしゃいませ……って、空乃《あきの》ちゃん！」

出迎《でむか》えに行《い》くと、そこにいたのは空乃《あきの》ちゃんだった。

「えへ、今日《きょう》も来《き》ちゃった♡　いつもの席《せき》、あいてる？」

「うん。あいてるけど……」

「じゃあ、お邪魔《じゃま》しまーす」

空乃《あきの》ちゃんは軽《かろ》やかな足取《あしど》りで、窓際《まどぎわ》のテーブルに向《む》かう。

すると、白根《しらね》さんがトレイを持《も》って通《とお》りかかった。

「村岡《むらおか》さん、また来《き》たんですか」

「そうだけど、悪《わる》い？」

「いいえ、べつに、お客《きゃく》として来《く》るのはかまいませんが。西大路《にしおおじ》くんに何度《なんど》も再入部《さいにゅうぶ》を断《ことわ》られているのに、よく来《こ》られるなぁとは思《おも》いますね」

「べっ、べつにいいでしょ⁉ それにわたしは『準友《じゅんとも》だち』のこはると『ちょっとした世間話《せけんばなし》』をするために来《き》てるだけなんだからっ！ お茶《ちゃ》もこはるに淹《い》れてもらうんだから、ふゆちゃんは、あっちに行《い》っててよねっ」

「空乃《あきの》ちゃん、また、そんな言《い》い方《かた》！」

わたしが怒《おこ》ろうとすると、白根《しらね》さんがずいっと前《まえ》に出《で》てきた。

「いいえ、村岡《むらおか》さんの給仕《きゅうじ》はわたしがやります」

「なんでよ⁉」

「兎田《とだ》さんのお茶《ちゃ》は、あなたにはもったいないからです」

きっぱり言《い》い切《き》った白根《しらね》さんに、わたしは、ひぃっとなる。

「はっ……はあああ～⁉」

「し、白根《しらね》さんっ、わたしのお茶《ちゃ》にそんな価値《かち》はないから！ 空乃《あきの》ちゃんもっ、いつものミントティーでいいっ？」

「うん！ あ、レモンの輪切《わぎ》りを入《い》れたやつがいいな～♡」

「わかった。ちょっと待《ま》っててね」

わたしは急《いそ》いで、ミントティーの準備《じゅんび》をしにカウンターへ走《はし》る。

「村岡《むらおか》さん、レモンがほしいとか、わがまま言《い》わないでください。あれは原価《げんか》が高《たか》いから客《きゃく》を選《えら》べって、このまえ西大路《にしおおじ》くんが言《い》ってました」

「なによ！　常連客《じょうれんきゃく》なんだし、それくらいいいでしょーっ」

うしろから、ふたりがぎゃあぎゃあと言《い》い争《あらそ》う声《こえ》が聞《き》こえてくる。

はあ……。

ほかのお客《きゃく》さんの迷惑《めいわく》になっちゃうから、ここでケンカはしないでねって、再三《さいさん》言《い》っているのになぁ。

わたしはためいきをつきながらも、思《おも》わず、くすっと笑《わら》ってしまった。

……空乃《あきの》ちゃん、教室《きょうしつ》では居心地悪《いごこちわる》そうにしているけど、ここに来《く》ると元気《げんき》になるんだよね。

それに、白根《しらね》さんも空乃《あきの》ちゃんが相手《あいて》だと、空気《くうき》やらなんやらを気《き》にすることなく、なんでも遠慮《えんりょ》なく、言《い》いたいことが言《い》えるみたいだ。

案外《あんがい》、ふたりの相性《あいしょう》って悪《わる》くないのかも？

なーんて思《おも》いながら、わたしはカウンターの裏《うら》にまわった。

「――あ、西大路《にしおおじ》くん」

カウンターの裏《うら》に、西大路《にしおおじ》くんが体育座《たいいくずわ》りしていたので、わたしは一応《いちおう》たずねておくことにした。

「空乃《あきの》ちゃんのオーダーで、レモンを使《つか》いたいんですけど、いいですよね？」

「……だめだ……。村岡《むらおか》に出《だ》すものなんて、お湯《ゆ》で十分《じゅうぶん》だ……」

「はーい、わかりました。使《つか》いますねー」

わたしは西大路《にしおおじ》くんの返事《へんじ》がよく聞《き》こえなかったふりをして、ミニ冷蔵庫《れいぞうこ》からレモンを取《と》り出《だ》す。

……それにしても西大路《にしおおじ》くん、どうしちゃったのかな？　あんなに浮《う》かれていたのに。

空乃《あきの》ちゃんを駅《えき》から連《つ》れ戻《もど》してきたあの日《ひ》から、しばらく、西大路《にしおおじ》くんはずっとテンションが高《たか》くて、うれしそうだった。

いつにもましてニコニコ笑顔《えがお》で給仕《きゅうじ》をしてくれたものだから、女《おんな》の子《こ》のお客《きゃく》さんが何人《なんにん》か、ぽーっと顔《かお》を赤《あか》くして、鼻血《はなぢ》を出《だ》してしまったくらいだったのに。

一日《いちにち》、二日《ふつか》と、日《ひ》にちがたつごとになぜかみるみるうちに元気《げんき》をなくしてしまい、一週間《いっしゅうかん》ほどたった今日《きょう》にいたっては、まわりにキノコが生《は》えそうなほどに鬱々《うつうつ》としている。

あまりにも落《お》ち込《こ》んだ様子《ようす》なので、「どうしたんですか？　なにか、あったんですか？」と、何《なん》度《ど》かたずねてみたものの、西大路《にしおおじ》くんは「なにもない……」と、力《ちから》なく答《こた》えるだけなんだよね。

「……あ、ミントがないや」

ハーブ類《るい》をストックしてあるケースをのぞいたら、ミントが空《から》になっていた。

しかたない。摘《つ》ませてもらってこよう。

わたしはカウンターから出《で》て、空乃《あきの》ちゃんに声《こえ》を掛《か》ける。

「ごめん。ミントをとってくるから、しばらく待《ま》っててくれる？」

すると、まだ白根《しらね》さんとなにやら言《い》い合《あ》っていた空乃《あきの》ちゃんが、こっちに首《くび》をのばして「わかったー！」と返事《へんじ》をしてくれた。

——ええっと……、この時間《じかん》ならたぶん……あ、いた！

「西田先生《にしだせんせい》」

温室《おんしつ》のすみっこでプランターに水《みず》をあげていた西田先生《にしだせんせい》に、ボウルを持《も》ってかけ寄《よ》る。

「おや、兎田《とだ》さん。どうしました？」

「じつは、ミントが足《た》りなくなってしまって。分《わ》けてもらっていいですか？」

西田先生《にしだせんせい》は、にっこりと笑《わら》った。

「もちろんです。どうぞ」

「ありがとうございます！」

わたしはプランターの前《まえ》にしゃがみ込《こ》み、ミントの葉《は》に手《て》をのばした。

さてと、この辺《へん》からもらおうかな？　あんまり一《ひと》つの株《かぶ》から摘《つ》みすぎないようにしないとね。

「――最近《さいきん》の喫茶部《きっさぶ》は、にぎやかですねぇ」

西田先生《にしだせんせい》に声《こえ》を掛《か》けられて、わたしはミントを摘《つ》む手《て》を止《と》める。

「そうですねぇ。お客《きゃく》さんも増《ふ》えてきましたし、空乃《あきの》ちゃんや白根《しらね》さんも元気《げんき》いっぱいで……。

あ、でも、西大路《にしおおじ》くんだけ、元気《げんき》がないままなんですけど」

「ああ、ぼっちゃんは、だいぶ落《お》ち込《こ》まれているようですね」

「そうなんです。でも、なにがあったのか教《おし》えてくれないんですよね。自分《じぶん》は、人《ひと》のなやみを無《む》理《り》やり聞《き》き出《だ》したりするくせに、ですよ」

わたしは、思《おも》わずためいきをつく。

「なんとなく、部活《ぶかつ》や学園内《がくえんない》でのなやみじゃないと思《おも》うんですけど。たぶん、お家《うち》のほうでなにかあったのかな？　なんて」

「おや、兎田《とだ》さんは、ぼっちゃんから、西大路家《にしおおじけ》の話《はなし》を聞《き》いたのですか?」

「少《すこ》しだけ、です。そういえば西田先生《にしだせんせい》は、西大路《にしおおじ》くんのご親戚《しんせき》なんですよね?」

たしか、遠縁《とおえん》だとか言《い》っていた。

わたしが思《おも》い出《だ》してたずねると、先生《せんせい》はうなずいた。

「はい。親戚《しんせき》とは名《な》ばかりなほど、遠《とお》い遠《とお》い親戚《しんせき》になるので、じつのところほとんど他人《たにん》のようなものですが」

「へぇ、そうなんですね」

「なので、ぼくが西大路家《にしおおじけ》について知《し》っていることは、それほど多《おお》くはありません。でも、一族《いちぞく》ならだれでも知《し》っている、ということはありまして」

そこで、西田先生《にしだせんせい》は、少《すこ》し考《かんが》えるような顔《かお》つきをした。

「――まあ、兎田《とだ》さんになら、話《はな》してもいいでしょう」

13 西大路家《にしおおじけ》の秘密《ひみつ》

「え……なんですか？」

なんだろう、一族《いちぞく》なら知《し》っているということは、一族以外《いちぞくいがい》の人《ひと》はあまり知《し》らないような秘密《ひみつ》の話《はなし》？　そんなの、わたしが聞《き》いちゃってもいいのかな。

「さっき、兎田《とだ》さんも言《い》っていましたが、ぼっちゃんはいつも、人《ひと》のなやみを聞《き》きたがっていますよね？　その理由《りゆう》ですよ」

「あっ！　それ、じつはずっと、どうしてなんだろうって気《き》になってたんです！」

最初《さいしょ》は、人《ひと》の私生活《しせいかつ》に興味津々《きょうみしんしん》の変《か》わり者《もの》なのかと思《おも》っていたけど……。

西大路《にしおおじ》くんがそういう人《ひと》じゃないってことは、部《ぶ》を通《とお》してつき合《あ》っていればすぐにわかった。

「じつは、西大路《にしおおじ》の直系一族《ちょっけいいちぞく》には、『その人《ひと》を苦《くる》しめているもの』――強《つよ》いなやみの元《もと》のようなものを『視《み》る』不思議《ふしぎ》な力《ちから》があるのです」

「なやみを視《み》る力《ちから》、ですか……？　あっ」

そこで、わたしはあの日《ひ》、駅《えき》で西大路《にしおおじ》くんが、言《い》っていたことを思《おも》い出《だ》した。

『ああ、視《み》える……視《み》えるぞ』

『おまえの苦悩《くのう》が、まざまざとな……！』

そして、男《おとこ》の人《ひと》がうそをついていたことや、いろいろな事情《じじょう》を言《い》い当《あ》てていたのだ。

「西大路《にしおおじ》くんは、あのとき、その力《ちから》を使《つか》っていたんですね！」

わたしがそう言《い》うと、西田先生《にしだせんせい》はちょっとおどろいた顔《かお》をした。

「おや、ぼっちゃんは、『視《み》る』ことができたんですか？」

「はい！　たぶん、そうだと思《おも》います」

「もしかして、一週間《いっしゅうかん》ほど前《まえ》の事件《じけん》のときのことですか？」

「そうです、そうです。あのときです」

うなずきながら、そういえば先生《せんせい》は見《み》ていなかったんだと思《おも》い出《だ》した。

「ああ……なるほど、それで」

西田先生《にしだせんせい》は、ものすごく納得《なっとく》したようにうなずく。

「それでぼっちゃんはあんなにうれしそうだったんですね。ああでも、おそらく、能力《のうりょく》が完全《かんぜん》に戻《もど》ったわけではなかったのでしょうね。それで、今《いま》、落《お》ち込《こ》んでいるんです」

能力《のうりょく》が完全《かんぜん》に戻《もど》ったわけではない……？　と、いうことは。

「西大路《にしおおじ》くんは、その力《ちから》をなくしていたんですか？」

もともと、能力《のうりょく》を使《つか》えなくなっていたって、そういうことになるよね。

「そうです。でも、ぼっちゃんが、というより、西大路家《にしおおじけ》の能力者《のうりょくしゃ》すべてが、ですね。それで、西大路家《にしおおじけ》は一気《いっき》に没落《ぼつらく》してしまったんですよ」

西田先生《にしだせんせい》は、歴代《れきだい》の西大路家《にしおおじけ》の人《ひと》たちが「能力《のうりょく》」を使《つか》って、他人《たにん》の弱《よわ》みをにぎってきたこと。

そのおかげで事業《じぎょう》を拡大《かくだい》してきたことを、教《おし》えてくれた。

でも、その能力《のうりょく》は一年《いちねん》ほど前《まえ》、とつぜんパタリとなくなってしまった。

しばらくは、それでもなんとか、今《いま》までの蓄積《ちくせき》で仕事《しごと》も回《まわ》っていたらしい。

しかし、能力《のうりょく》がなくなったことをいつまでもかくすことはできず、ばれたとたんに、長年《ながねん》弱《よわ》みをにぎられていた人《ひと》たちの手《て》のひら返《がえ》しにあってしまったのだと。

「そういうことだったんですね……」

西大路《にしおおじ》くんから、それとなく話《はなし》を聞《き》いてはいたけれど、そんな背景《はいけい》があったとは知《し》らなかった。

「ぼっちゃんは、なんとかして失《うしな》われた能力《のうりょく》を取《と》り戻《もど》したいと思《おも》っているんです。そのために、この半年《はんとし》、西大路家《にしおおじけ》の過去《かこ》の文献《ぶんけん》を読《よ》みあさって方法《ほうほう》をさがしていました」

「あ、それで、半年《はんとし》くらい、学校《がっこう》に来《き》てなかったたって」

「そうです。でも、そのおかげで、見《み》つけたんだそうですよ。『最初《さいしょ》に能力《のうりょく》を授《さず》かった西大路家《にしおおじけ》の先祖《せんぞ》の手記《しゅき》』を」

西田先生《にしだせんせい》は、ほこらしげにそう言《い》った。

「最初《さいしょ》に能力《のうりょく》を授《さず》かったご先祖様《せんぞさま》……。そっか！　その人《ひと》が、どうやって能力《のうりょく》を授《さず》かったかがわかれば、また能力《のうりょく》を取《と》り戻《もど》せるかもしれないですよね」

「兎田《とだ》さんは、察《さっ》しがよくてすばらしいですねぇ。その通《とお》りです。ぼっちゃんも、そう考《かんが》えました」

「それで、そのご先祖様《せんぞさま》は、どうやって能力《のうりょく》を授《さず》かったんですか？」

わたしがわくわくしながらたずねると、西田先生《にしだせんせい》はニッコリ笑《わら》った。

「たくさんの人《ひと》から、なやみを聞《き》いていたそうです」

「えっ」

なやみを……聞《き》いていた？

「そうです。その人《ひと》は、とても心《こころ》やさしい人《ひと》だったようで、たくさんの人《ひと》からしたわれて、いろんな相談《そうだん》を受《う》けていたようなんですよ。そうしたら、ある日《ひ》、空《そら》からかがやく鳥《とり》が舞《ま》い降《お》りてきて、能力《のうりょく》を授《さず》けてくれたのだとか」

「鳥《とり》が……」

「それ以降《いこう》、そのご先祖《せんぞ》の血《ち》を強《つよ》く引《ひ》く子《こ》どもが十《とお》の年《とし》になると、どこからともなく鳥《とり》が現《あらわ》れて、その子《こ》に能力《のうりょく》を授《さず》けてくれるようになったのだとか。そして、その鳥《とり》はなやみを抱《かか》えている人《ひと》をかぎわける能力《のうりょく》を持《も》っていて、その人《ひと》たちを助《たす》けるようにと、教《おし》えてくれるらしいですよ」

それは、まるでおとぎ話《ばなし》のようだった。

以前《いぜん》のわたしが聞《き》いたら、まちがいなく作《つく》り話《ばなし》だと思《おも》っただろう。

でも……。

わたしが空乃《あきの》ちゃんのことでなやんでいたとき、どこからともなくフレディちゃんがやってきて、肩《かた》をつつかれた。

白根《しらね》さんのときもそうだった。

——作《つく》り話《ばなし》なんかじゃない。これは、本当《ほんとう》の話《はなし》だ。

「ぼっちゃんはこの話《はなし》を知《し》って、考《かんが》えたそうです。『最近《さいきん》の西大路家《にしおおじけ》の人間《にんげん》は、なやみを視《み》る能《のう》力《りょく》を、相手《あいて》を支配《しはい》するために使《つか》ってきた。だから、天《てん》が怒《おこ》ったのかもしれない』……と」

「ああ、だから……」

西大路《にしおおじ》くんは、喫茶部《きっさぶ》を作《つく》って、みんなからの相談《そうだん》を受《う》けようとしたんだ。

自分《じぶん》にとって、なやみを持《も》ってこないやつは価値《かち》がない！　なんて言《い》っていたのは、こういう理由《りゆう》があったからなんだ。

今《いま》まで感《かん》じてきた違和感《いわかん》が、疑問《ぎもん》が、まっすぐにつながっていく。

「喫茶部《きっさぶ》での活動《かつどう》が実《み》を結《むす》んで、やっと能力《のうりょく》が戻《もど》ったと思《おも》ったのに、そうじゃなかったから……

西大路《にしおおじ》くんはあんなに落《お》ち込《こ》んでいるんですね」

「おそらく、そうだと思《おも》います」

「先生《せんせい》、教《おし》えてくださりありがとうございました」

わたしは西田先生《にしだせんせい》にぺこりと頭《あたま》をさげると、ミントの葉《は》が入《はい》ったボウルを持《も》ってカウンターへ戻《もど》った。


――……。


「――西大路《にしおおじ》くん、どうぞ」

わたしはカウンターの上《うえ》に、カモミールとミントのブレンドティーが入《はい》ったカップを置《お》いた。

西大路《にしおおじ》くんは、ゆっくりと顔《かお》を上《あ》げてこちらを見《み》た。

うわっ。目《め》の下《した》に、すごいクマ……!

「……なんだ、これは……」

「心《こころ》がおだやかになるハーブティーです」

わたしがお客様《きゃくさま》に給仕《きゅうじ》するときの口調《くちょう》でそう言《い》うと、西大路《にしおおじ》くんはまた顔《かお》をふせてしまった。

「……いらない。気分《きぶん》じゃない」

「そんなことを言《い》わずに、飲《の》んでくださいよ。せっかく淹《い》れたのに、むだになっちゃいます！」

するとく、西大路《にしおおじ》くんは、またのろのろと顔《かお》を上《あ》げて、そのまま立《た》ち上《あ》がった。

どうやら、「むだ」にはしたくないらしく、しぶしぶカップに口《くち》をつける。

「あの、西大路《にしおおじ》くん」

「なんだ」

「ごめんなさい。西田先生《にしだせんせい》から、能力《のうりょく》の話《はなし》を聞《き》いちゃいました」

ごほっ！　と、西大路《にしおおじ》くんが、口《くち》からハーブティーを噴《ふ》き出《だ》した。

「だいじょうぶですかっ？」

「だい、じょうぶだ……って、そんなことより！」

西大路《にしおおじ》くんは荒《あら》っぽく口元《くちもと》を拭《ぬぐ》う。

「そんなことより！　なんで能力《のうりょく》の話《はなし》をっ……どこまで聞《き》いた!?」

「えっと、西大路《にしおおじ》くんが、いろんな人《ひと》からなやみを聞《き》いて、失《うしな》った能力《のうりょく》を取《と》り戻《もど》そうとしている
っていうところまで、ですかね」

「……全部《ぜんぶ》じゃないか。あいつ、べらべらしゃべりやがって……」

西大路《にしおおじ》くんはためいきをつきながら、前髪《まえがみ》をくしゃっとにぎりしめる。

だけど、それだけだった。

いつもだったら、カッカと怒《おこ》りだして、西田先生《にしだせんせい》に文句《もんく》を言《い》いにいくだろうに。

本当《ほんとう》に、落《お》ち込《こ》んでいるんだな……。

そう思《おも》うと、心配《しんぱい》になってくる。

「あの、元気《げんき》、出《だ》してくださいね。わたしが言《い》えることじゃないかもしれないですけど、きっ

と、また能力《のうりょく》は戻《もど》ってきますよ」

「…………」

「だって、一度《いちど》は戻《もど》ってきたんですから。もっと、たくさんの人《ひと》のなやみを聞《き》いて、その解決《かいけつ》のお手伝《てつだ》いをしていけば、きっと！」

わたしが力《ちから》を込《こ》めて言《い》うと、西大路《にしおおじ》くんはうろんげにこちらを見《み》た。

「もっと、たくさんの人《ひと》のなやみを聞《き》けば……？」

「はい！　そのために、わたしもできるかぎり、協力《きょうりょく》しますから」

「ふん……」

西大路《にしおおじ》くんは鼻《はな》を鳴《な》らすと、カップに残《のこ》っていたハーブティーを、ぐいっと飲《の》みほした。

心《こころ》なしか、頬《ほお》のあたりに赤《あか》みがさしている。

あれ？　もしかして、ちょっと、照《て》れてる？

なんて、わたしが思《おも》ったとき――。

「で、具体的《ぐたいてき》に、どう協力《きょうりょく》してくれるっていうんだ？」

西大路《にしおおじ》くんが、ぶっきらぼうな口調《くちょう》でたずねてきた。

「え？　えーと、そうですねぇ。もっと喫茶部《きっさぶ》に人《ひと》が来《き》てくれるように、ハーブのことをもっと勉強《べんきょう》して、『あそこのお茶《ちゃ》が美味《おい》しいよ』って、評判《ひょうばん》になるようにがんばります！」

わたしは、むんっと気合《きあい》を入《い》れる。

けれど、西大路《にしおおじ》くんはあっさり首《くび》を振《ふ》った。

「甘《あま》い」

「えっ」

「そんなんで、すぐにたくさんの人《ひと》を集《あつ》められるとでも思《おも》ってんのか？」

「で、でも……」

ほかの方法《ほうほう》をと言《い》われても、とっさには思《おも》いつけない。

わたしが困惑《こんわく》していると、西大路《にしおおじ》くんが言《い》った。

「おまえが本当《ほんとう》に協力《きょうりょく》してくれるっていうなら、そうだな。——踊《おど》れ」

「はい……？」

とっさに、なにを言《い》われたのかわからなくて、聞《き》き返《かえ》してしまう。

「すみません。今《いま》、聞《き》きまちがえちゃったみたいで。なんて言《い》いました？」

「踊《おど》れ」

西大路《にしおおじ》くんは、もう一度《いちど》言《い》った。

「歌《うた》って踊《おど》って、客《きゃく》を楽《たの》しませるんだ。本物《ほんもの》の『メイド喫茶《きっさ》』みたいに」

き、聞《き》きまちがいじゃなかったー！

「むっ、無理《むり》ですよ！　そんなの！」

「なんでだ。おまえ今《いま》、協力《きょうりょく》するって言《い》っただろうが」

「言《い》いましたけど、踊《おど》るなんてできませんよ！　だいたいなんですか、本物《ほんもの》のメイド喫茶《きっさ》って！」

西大路《にしおおじ》くん、今《いま》までそんなこと、一言《ひとこと》も言《い》ってなかったよね!?

わたしがツッコむと、西大路《にしおおじ》くんは、なんだか得意《とくい》げな顔《かお》をした。

「このまえ、ネットで調《しら》べていて見《み》つけたんだ。庶民《しょみん》の通《かよ》う『メイド喫茶《きっさ》』では、メイドが歌《うた》ったり踊《おど》ったり、食《た》べ物《もの》に魔法《まほう》をかけたりして、それを見《み》るためにたくさんの客《きゃく》がやってくるんだぞ」

「そっ……それは、一部《いちぶ》の特殊《とくしゅ》なメイド喫茶《きっさ》ですよね」

「知《し》らん。とにかく、客《きゃく》を集《あつ》めるにはそれが一番《いちばん》だ。たのんだぞ、兎田《とだ》」

西大路《にしおおじ》くんは、ぽんとわたしの肩《かた》をたたいて、カウンターから出《で》ていってしまった。

なっ……なんて横暴《おうぼう》な……！

もうっ、西大路《にしおおじ》くんの心配《しんぱい》なんて、しなければよかった〜！

わたしが地団太《じだんだ》をふんでいたとき、

――バサササッ。


「あ、フレディちゃんが」

カウンターのそばの止《と》まり木《ぎ》で眠《ねむ》っていたフレディちゃんが、羽音《はおと》を立《た》てて飛《と》び立《た》った。

そして、そのまま開《あ》いていた窓《まど》から、外《そと》に出《で》ていってしまう。

「西大路《にしおおじ》くん、フレディちゃんが外《そと》に――」

わたしがそう伝《つた》えようとカウンターから出《で》ていくと、中庭《なかにわ》からか細《ぼそ》い悲鳴《ひめい》が聞《き》こえてきた。


「――うわああー!」


その声《こえ》を聞《き》いて、西大路《にしおおじ》くんがかけ戻《もど》ってくる。

「たぶん、中庭《なかにわ》だと思《おも》います」

「だな」

わたしたちは顔《かお》を見合《みあ》わせてうなずくと、そろって温室《おんしつ》のドアへと走《はし》った。

――心《こころ》になやみを抱《かか》えたお客様《きゃくさま》を、確保《かくほ》……じゃなくて、おもてなしするために。

PHPジュニアノベル　い-3-1

●著／伊藤クミコ（いとう・くみこ）
小説家。千葉県出身。『ハラヒレフラガール！』（講談社）で作家デビュー。主な作品に「おしゃれ怪盗クリスタル」シリーズ、「生活向上委員会！」シリーズ（以上、講談社）などがある。

●イラスト／ハモンド華麗（はもんど・かれい）
イラストレーター。ゲーム、漫画、CDジャケット、衣装デザインを中心に活躍。『予告状ブラック・オア・ホワイト　ご近所専門探偵物語』（東京創元社）などでは書籍の装画も担当。

●デザイン
株式会社サンプラント
東郷猛

●組版
株式会社RUHIA

ご相談《そうだん》はお決《き》まりですか？
～学園内《がくえんない》で執事《しつじ》&メイド喫茶《きっさ》はじめました～

2024年11月6日　第1版第1刷発行

著　者　伊藤クミコ
イラスト　ハモンド華麗
発行者　永田貴之
発行所　株式会社PHP研究所
東京本部　〒135-8137 江東区豊洲5-6-52
児童書出版部　TEL 03-3520-9635（編集）
普及部　TEL 03-3520-9630（販売）
京都本部　〒601-8411 京都市南区西九条北ノ内町11
PHP INTERFACE　https://www.php.co.jp/
印刷所・製本所　TOPPANクロレ株式会社

ISBN978-4-569-88189-8

NDC913　191P　18cm